10,000 Lettres d'impression pour 1 centime.

BIBLIOTHÈQUE POUR TOUS

ILLUSTRÉE

ROMANS, HISTOIRE, VOYAGES, LITTÉRATURE, SCIENCES, ETC.

CHAQUE OUVRAGE COMPLET : 50 CENTIMES.

L'EMPIRE DE

SOULOUQUE

PAR PAUL D'HORMOYS

V.A.BEAUCE.   A.MINNE.

Prix : 50 centimes

60 CENTIMES POUR LES DÉPARTEMENTS ET L'ÉTRANGER.

PARIS

ÉCRIVAIN ET TOUBON, LIBRAIRES, RUE DU PONT-DE-LODI, 5

ET CHEZ TOUS LES LIBRAIRES DE PARIS, DES DÉPARTEMENTS ET DE L'ÉTRANGER.

PARIS, LÉCRIVAIN ET TOUBON, RUE DU PONT-DE-LODI, 5

BIBLIOTHÈQUE POUR TOUS

PUBLIÉE PAR J. LEMER

L'EMPIRE DE
SOULOUQUE

PAR
PAUL D'HORMOYS

AVANT-PROPOS

Depuis que le crayon de Cham a popularisé chez nous le nom de Soulouque et placé dans un panthéon grotesque le susceptible monarque auquel cette gloire a déjà valu deux attaques d'apoplexie, il est bien difficile de parler sans rire de cet empereur couleur d'ébène, de son pays et de ses sujets.

Il n'y a pas de capitaine au long cours rapportant de Port-au-Prince un chargement de café, pas d'aspirant de marine de retour en France après une station dans les Antilles, qui ne se croie débiteur envers ceux qui l'écoutent d'une série d'anecdotes et de tableaux qui, pour être quelquefois vrais, n'en tiendraient pas moins une place honorable dans l'album charivarique.

Mais si le narrateur, laissant de côté Faustin et ses nègres, vient à parler de la république Dominicaine, ce petit État qui occupe le reste de l'île de Saint-

Domingue, son langage change : il n'a plus alors d'éloges assez pompeux pour célébrer cette nation. C'est chez elle que sont venus se réfugier tous les instincts de civilisation chassés par la réaction africaine. C'est elle qui doit régénérer ce pays et lui rendre son ancienne splendeur.

Est-ce là la vérité?

Soulouque, malgré ses ridicules, ne peut-il avoir son côté sérieux et utile? Les mulâtres de Santo-Domingo, malgré leur bonne réputation, sont-ils aussi dignes d'intérêt qu'on le suppose?

Si le lecteur veut bien parcourir cette relation sincère d'un récent voyage dans l'île de Saint-Domingue, il pourra en juger par lui-même. Peut-être trouvera-t-il d'ailleurs, à travers ces récits, quelques faits nouveaux, quelques anecdotes qui lui feront moins regretter le temps qu'il perdra avec ce petit livre.

SOULOUQUE TEL QU'ON SE LE FIGURE

I

Comment on va chez Soulouque en passant par Metz. — Il ne faut pas parler de choses qu'on ne connaît pas. — Un dîner au palais. — Une Ariane noire. — Un nouveau régiment.—L'étiquette.— Le *high life* haïtien.— Un expédient économique — Comment on augmente sa solde. — Une dépense urgente.

Il y a de cela cinq ans à peu près. Je venais de quitter l'École d'application, avec le grade de sous-lieutenant dans un régiment d'artillerie. Une *promotion* dans laquelle je ne fus pas compris, contre mon attente, me causa un si vif dépit, que j'envoyai sur-le-champ ma démission au ministre. Je fus un peu étonné de la promptitude avec laquelle on l'accepta. Je m'étais promis de faire une belle résistance à toute espèce de tentative pour me ramener; je ne voulais me rendre qu'à la dernière extrémité : je n'eus pas même à me défendre.

Je quittai mon régiment le cœur gros et je revins dans ma famille, où ma conduite fut peu approuvée. Je me trouvais ainsi depuis quelques mois à Paris, me sentant bien près de regretter mon coup de tête, mais n'en convenant avec personne, pas même avec moi. Je donnais des répétitions de mathématiques à Sainte-Barbe, et je dois avouer que je ne voyais pas l'avenir couleur de rose. Un matin, je fus abordé sur la place du Panthéon par un de mes camarades d'école.

— Eh bien! mauvaise tête, me dit-il, as-tu mis un peu d'eau dans ton vin?... Ecoute, continua-t-il plus sérieusement, tu as fait une sottise; heureusement elle n'est pas irréparable. Il ne se passera pas longtemps sans que nous ayons à tirer des coups de canon : la guerre te fournira une occasion toute naturelle de demander à reprendre du service. Jusque-là, ne perds pas ici ton temps. Voyage plutôt un peu. Tiens, hier, au café Hollandais, il était justement question du gouvernement dominicain : il demande des officiers pour instruire son armée. Pourquoi n'irais-tu pas, en attendant les événements, faire un peu de théorie à ces braves gens?

Je dois avouer, à ma honte, qu'à cette époque mes notions sur la république Dominicaine étaient assez confuses. Je savais vaguement que l'île de Saint-Domingue était jadis divisée en deux parties, l'une, à l'ouest, appartenant à la France, l'autre, à l'est, soumise à l'Espagne; mais je croyais que la révolte des noirs, en 1791, avait réuni ces deux tronçons en un seul corps et que Soulouque étendait son sceptre sur toute l'île d'Haïti.

Mon ancien camarade m'expliqua comment, depuis 1844, l'antique *audience* espagnole s'était métamorphosée en un jeune État indépendant, sous le nom de république Dominicaine, et comment elle était restée fidèle à cette forme démocratique, pendant que l'ancienne possession française se transformait elle-même en empire sous la dynastie des Faustin.

— Si tu veux des renseignements plus complets, ajouta-t-il, va voir notre ancien camarade Anselin, tu sais, celui que nous appelions à l'école le petit Minimum, et qui est entré dans l'infanterie de marine. Il part pour Santo-Domingo. On lui donne le grade de capitaine, six mille francs de traitement et ses frais de voyage. Il paraît, à ce qu'il nous racontait hier, que la république Dominicaine est un amour de petite république, protégée à la fois par la France et l'Angleterre. C'est faire œuvre pie que d'aller l'aider à se défendre contre le féroce Soulouque, qui veut la dévorer. A ta place, je n'hésiterais pas. C'est d'ailleurs un beau voyage à faire et un pays curieux à visiter. Dans tous les cas, cette excursion te vaudra mieux que de passer ton temps à courir ici le cachet.

— C'est à voir en effet, répondis-je; j'y songerai.

Une demi-heure après, j'étais chez Anselin, qui me mena aussitôt chez le consul général de France à Port-au-Prince, alors en congé à Paris, et qui s'était chargé de recruter des défenseurs pour la jeune république.

Ce diplomate était un ancien philhellène. Après avoir, dans sa jeunesse, combattu pour les Grecs, il était entré dans la carrière consulaire, et, comme on a toujours du goût pour son premier métier, il se montrait épris pour les Dominicains d'une passion non moins vive que celle qui l'avait enflammé jadis pour les Hellènes. Il me parla longuement de la république de Santo-Domingo, de l'intérêt que la France et l'Angleterre portaient à ce petit État, du rôle que nous serions appelés à y jouer un jour. C'était une perspective des plus séduisantes; cependant je demandai vingt-quatre heures de réflexion.

Je me rappelai qu'un de mes camarades de collège était attaché au ministère des affaires étrangères, précisément à la section d'Amérique et des Indes; je courus m'y renseigner près de lui. Ce fut bien autre chose encore que le consul. A l'entendre, la république Dominicaine était un modèle proposé à l'imitation de tous les gouvernements de l'Amérique du Sud. C'était un pays magnifique, un climat délicieux.

L'infortuné ne se doutait guère, au moment où, sur la foi des cartons et des correspondances, il me donnait ces véridiques renseignements, qu'il irait quelques mois plus tard payer son tribut à la fièvre jaune, sous ce climat enchanteur. J'étais si rassuré, en le quittant, que je retournai du même pas chez le consul général lui dire que ma résolution était prise et qu'il pouvait compter sur moi.

Trois semaines après, un capitaine du génie, nommé Mendès, Anselin et moi, nous nous embarquions à Lorient sur la frégate *la Pénélope*, faisant voile pour Saint-Thomas, où le gouvernement dominicain devait envoyer un de ses bâtiments à notre rencontre.

C'est ainsi que je me trouvai enrôlé parmi les ennemis de Sa Majesté Faustin Ier. Je n'avais cependant aucun préjugé contre l'empereur Soulouque, aucune raison de le haïr. Personne, dans ma famille, n'avait jamais possédé la moindre canne à sucre à Saint-Domingue; nul créole ne m'avait inspiré son mépris pour la race nègre. Bien que je dusse le combattre un jour, je me sentais quelque sympathie pour ce monarque déclassé. Il me semblait que, pour être arrivé au pouvoir et s'y maintenir d'une façon si énergique, il lui avait fallu une certaine force d'intelligence, et que ce chef noir, si ridicule à nos yeux, était peut-être un grand homme dans son genre. Les officiers de la frégate, nos compagnons pendant la traversée, ne me laissèrent pas longtemps mes illusions à cet égard. L'un d'eux avait vu la cour haïtienne; les autres en avaient tant entendu parler, qu'ils la connaissaient mieux que s'ils avaient navigué dix ans dans la baie de Port-au-Prince. Leurs réponses aux quelques questions que je leur adressai m'apprirent que je ferais bien de ne pas trop manifester mes sympathies pour Soulouque.

— Vous croyez peut-être, me disait un enseigne, un soir que la pluie nous avait tous réunis dans le carré, vous croyez peut-être que les croquis de Cham sont des charges? Eh bien, moi qui ai vu de près cet étrange souverain, je puis vous assurer que Cham n'a rien exagéré, que ses croquis sont des dessins et non pas des caricatures.

— Puisque vous avez vu de près ce personnage, lui dis-je, racontez-nous donc quelques-uns de ses hauts faits.

— Volontiers, répondit l'enseigne; il est six heures et demie; je ne prends le quart qu'à huit heures. J'ai tout le temps de vous faire faire connaissance avec cet « empire comme il n'y en a guère, et cet empereur comme il n'y en a pas. » Non-seulement j'ai vu Soulouque, mais j'ai eu, de plus, l'insigne honneur de dîner avec lui, le jour où je lui fus présenté par le consul de France. Je dois avouer que le dîner n'était pas trop mauvais, et qu'il s'en faut de peu que le cuisinier de Sa Majesté haïtienne ne soit un artiste consommé dans son art. Le vin, il est vrai, était détestable; les convives, d'humeur et de goût indépendants, et qui ne craignaient pas le courroux de l'amphitryon, versaient sous la table tous les grands crus de Bordeaux, de Bourgogne et de Champagne dont on remplissait leurs verres à chaque toast. Je n'eus jamais si belle envie de rire.

Soulouque est un gros noir qui porte allégrement ses soixante ans. Il était vêtu, ce jour-là, d'un habit à la française de velours marron, sur lequel resplendissaient les plaques de *sa* Légion d'honneur et de *son* ordre de Saint-Faustin. Dans une culotte de casimir blanc et des bas de soie se dessinait une jambe dont l'empereur est très-fier. Il avait aux pieds des souliers à boucles de diamants, — diamants qui n'avaient certes pas été taillés dans des bouchons de carafe. Sous ce costume et avec son air débonnaire, il ressemblait plutôt à un domestique de bonne maison qu'au terrible sauvage à qui sont redevables de leur mort des centaines d'individus, dont le seul crime était d'avoir la peau au peu moins noire que la sienne. Cependant, c'était bien M. Faustin en chair et en os, buvant et mangeant comme un simple mortel. Il daignait être de bonne humeur ce jour-là, et il nous raconta, au dessert, plusieurs anecdotes tirées de l'almanach de Mathieu Laensberg; c'est son livre de prédilection depuis qu'il sait lire presque couramment. Une de ses grandes prétentions est de parler français. Il commence assez bien ses phrases, et les tours les plus relevés, les imparfaits du subjonctif les plus audacieux ne lui font pas peur; mais, pour peu que le sujet l'emporte, il a bientôt renoncé à la langue de Racine et à ses pompes, pour se rejeter dans le naïf patois de ses ancêtres. Il s'exprime alors avec une verve, une volubilité qui ne permettent plus de le suivre; les paroles lui partent comme les coups de fusil dans un feu de peloton.

— Et l'impératrice? demanda Anselin.

— L'impératrice, se sentant souffrante, était restée dans ses appartements; la princesse Olive, une petite négrillonne de quinze à seize ans, et la princesse Clélia, sœur de Sa Majesté, la remplaçaient de leur mieux. Chère princesse Olive, ajouta l'officier en redressant son col, il paraît qu'elle a versé bien des larmes après mon départ. Peu s'en est fallu que je n'aie été retenu de force à Port-au-Prince par ordre de cette trop sensible beauté, qui voulait m'offrir la moitié de son trône et son cœur tout entier.

— Et le duc de Trou-Bonbon? fit Mendès.

— J'étais à table à côté de lui, capitaine. Le duc de Trou-Bonbon est le maréchal ministre de la guerre. Il m'a, tout le temps du dîner, questionné sur l'armée française. Il y avait eu revue le matin. Le duc me demanda si j'y avais assisté.

— Je n'ai eu garde d'y manquer, lui ai-je répondu.

— Et comment avez-vous trouvé nos troupes?

— Fort belles! admirablement instruites! mais, ajoutai-je avec le plus imperturbable sérieux, il me semble, Excellence, que je n'ai pas vu de régiment de *plongeurs à cheval*?

Le duc me regarda un instant d'un air effaré; mais, se remettant tout aussitôt, il me dit sans hésiter:

— Nous n'en manquons pas, Dieu merci! mais, ils sont en ce moment sur la frontière. Je vous les ferai voir dans trois ou quatre jours, dès leur retour.

Son Excellence ne m'a pas tenu parole. Il est vrai que nos relations se sont subitement refroidies, parce que, le lendemain soir, au bal de la cour, je lui ai tendu la main sans me déganter. Pour ces gentilshommes, très-rigoureux sur l'étiquette, c'était là une grande inconvenance.

Le duc de Trou-Bonbon n'est pas le seul digni-taire dont s'enorgueillisse l'empire haïtien : il y a Leurs Grâces monseigneur le duc de la Limonade, le prince de Lazare Tape-à-l'œil, monseigneur de Bobo, monseigneur de la Marmelade; Leurs Excel-lences les comtes des Plaines du Nord et des Plaines du Sud; les barons du Petit-Trou et de Sale-Trou. J'en passe, et des meilleurs. Il y a même un village qui doit son nom à certains animaux domestiques à groins et à soies rudes, animaux fort communs à Haïti, et dont le chef porte fièrement le titre sans que personne y trouve à redire.

Le plus modeste parmi ces gentilshommes est peut-être celui qui porte un des plus beaux noms de l'aristocratie noire : le duc de Tiburon.

J'assistai au mariage d'une de ses filles avec un haut personnage. Avant ses grandeurs, l'illustre duc s'appelait simplement Jacquot, et il ne s'est pas encore déshabitué de ce nom roturier. Il n'en est pas ainsi de madame son épouse, et elle nous le prouva bien ce jour-là : appelée la première à met-tre son nom au bas de l'acte de mariage, elle signa *duchesse de Tiburon* en lettres d'un centimètre de haut. Elle avait mis tout un mois pour apprendre à tracer ces énormes majuscules, à ce qu'assurent les médisants. Lorsque ce fut le tour du bonhomme Jacquot de signer, il ne put retenir un gros soupir en voyant l'orgueilleux paraphe de sa moitié :

« Oh! Popote, fit-il à demi-voix, voyez ce que la vanité vous fait faire! »

Je vous ai dit qu'il y avait eu revue le matin. J'eus la curiosité de voir de près les plaques qui brillaient aux chapeaux des grenadiers de la garde, et j'y lus très-distinctement ces mots : *Sardines à l'huile, Barton et Cᵉ, Lorient.*

Le négociant chargé de fournir les bonnets à poil de ce corps d'élite avait sans doute trouvé écono-mique d'employer, à cet effet, de vieilles boîtes dont on n'aurait su que faire. Les généraux haïtiens, du reste, ne sont pas assez versés dans l'art de la lec-ture pour trouver rien d'étrange à ce singulier fron-tispice qui décore le chef de leurs soldats.

Il est une justice à leur rendre, c'est que, s'ils s'occupent peu de la tenue de leurs milices, ils se montrent très-scrupuleux sur la leur. Ils emploient un luxe de plumes et de dorures qui donne une haute idée de leur économie domestique, car leur solde ne s'élève guère qu'à soixante-quinze francs par mois. Il est vrai qu'ils joignent presque tous à leurs émoluments le produit d'une profession ou d'une entreprise utile. En général, comme ils ont un assez grand nombre d'hommes sous leurs ordres, ils s'associent aux négociants qui exploitent les fo-rêts d'acajou ; ils se chargent de faire saper et trans-porter les arbres par leurs soldats et les chevaux de l'armée; l'associé civil leur donne une moitié dans le bénéfice total, lequel d'ordinaire est assez consi-dérable, puisque, de part et d'autre, on n'a à sup-porter aucune dépense d'exploitation et de main-d'œuvre.

Il est un autre chapitre de leur budget qu'il faut se garder d'omettre; c'est celui des commandes; Soulouque, naturellement avare de ses deniers, ne lésine jamais sur les revenus de l'État. En accor-dant à l'un de ceux qu'il veut favoriser une fourni-ture nécessaire au service de l'empire, il sait très-bien que le fonctionnaire investi de la commande y trouvera son compte. C'est de la sorte que l'avisé monarque s'y prend pour faire un cadeau sans bourse délier.

Pendant que j'étais à Port-au-Prince, il voulut ainsi récompenser je ne sais plus lequel de ses fi-dèles, dont il était content. Il n'y avait qu'une dif-ficulté. Le service public ne réclamait rien pour le moment. On avait plus de dix mille fusils en maga-sin, de vieux sabres à ne savoir qu'en faire, du drap, de la toile, des schakos, toutes sortes d'objets d'é-quipement à pouvoir mettre une armée sur pied. Force fut donc de différer. Mais, en attendant, le favori du jour fut chargé de fournir six mille kilo-grammes de cire à cacheter, que le sénat reconnut nécessaires à la chancellerie de l'empire.

———

II

Toute médaille a son revers. — Victoires et conquêtes. — Un consul sans pitié et un marin sans patience.

À ce dernier trait, personne ne put garder son sérieux, et le narrateur encouragé continua.

— À voir ce gros nègre si bien portant, qui a l'air si heureux, quand il passe ses troupes en revue ou qu'il reçoit sur son trône le corps diplomatique, on croirait que rien ne manque plus à sa félicité.

Il est craint désormais et respecté de tous ses sujets ; les mulâtres, qu'il a si rudement châtiés, tremblent tous devant lui; nul ne songe à le dé-trôner. La plupart des souverains d'Europe ont traité avec lui d'égal à égal. Il s'est même trouvé des gens assez affamés de ruban pour solliciter ses décorations, et Soulouque s'est donné le malin plaisir de les leur faire attendre. Le café, l'acajou, le bois de campêche et les autres produits de l'île se vendent bien; le cinquième qu'il prélève, à titre d'impôt, sur toutes les recettes de l'empire, donne un revenu assez considérable pour que, toutes les dépenses de l'État payées, il lui reste encore, à la fin de l'année, de quoi ajouter une broderie à son uniforme ou quelque nouveau diamant à sa cou-ronne.

Mais, hélas! le sommeil que goûte Sa Majesté Haïtienne, dans un lit comparable à celui de Louis XIV, à Versailles, est souvent troublé par deux terribles visions : les Dominicains et le consul de France.

Conquérir la république Dominicaine, voir flot-ter à Santo-Domingo le drapeau bleu et rouge d'Haïti, telle est l'idée fixe, le *dada* de Soulouque. Sous prétexte que l'ancienne Saint-Domingue fran-çaise et la colonie espagnole, transformée aujour-d'hui en république Dominicaine, ne firent autre-fois qu'un seul État, Faustin, depuis qu'il a érigé la première en empire, ne veut voir dans la seconde qu'un pays insurgé qu'il est de son devoir de sou-mettre et de son honneur de réduire. C'est en vain que la France et l'Angleterre, qui, depuis 1844, ai-dent et protégent cette petite nation, ont essayé de faire comprendre à Soulouque qu'il perdait son temps à vouloir s'en emparer. L'entêté monarque ne se le tient pas pour dit. Chaque année, au printemps, il rassemble ses troupes et *s'en va-t-en guerre.*

L'armée haïtienne, qui s'élève à trente mille hommes sur les cadres, mais en réalité à neuf ou dix mille soldats, quitte Port-au-Prince ou le Cap vers la fin de mars. Les guerriers noirs sont peu enthousiastes de combats. Ils savent, par expérience ou par des récits dont ils ne suspectent pas la sincérité, qu'il n'y a que des horions à récolter dans les champs de bataille où les conduit leur empereur. Aussi se gardent-ils bien de passer près d'un morne un peu boisé ou d'un marais couvert de palétuviers, sans y chercher un refuge contre les hasards de la guerre. L'armée ne perd pas son temps à les retrouver. Après quinze jours ou trois semaines de marche au travers de montagnes, de forêts et de marécages où jamais route ne fut tracée, les plus courageux et les plus robustes arrivent sur la frontière dominicaine. Les provisions sont restées sur la route; les munitions sont épuisées, car tout nègre qui a entre les mains un fusil *qui part* se ferait scrupule de passer devant un arbre sans essayer d'y loger une balle, surtout si c'est un figuier; toute blessure faite à cet arbre maudit, où il croit que se cacha le serpent qui perdit Ève, est à ses yeux une œuvre pieuse.

Les vêtements, dont nos guerriers noirs ne se soucient guère, sont semés, lambeaux par lambeaux, sur le chemin; les armes dont le poids gênait la marche ont été jetées dans les rivières. Cependant il reste encore un ou deux canons sans affût; on les abandonnera ingénieusement aux Dominicains, en témoignage de la venue des armées impériales; mais, en attendant, on s'en sert pour ces salves triomphales par lesquelles l'empereur Faustin, dès qu'il a fait une lieue sur le territoire ennemi, annonce à l'île et au monde, *insulæ et orbi*, qu'il vient de prendre possession de la république de Santo-Domingo.

Satisfait de ce résultat, chacun s'en revient chez soi au plus vite, et Soulouque court à Port-au-Prince célébrer sa victoire par un *Te Deum.* La cour et tous les fonctionnaires y assistent avec recueillement. En sortant de l'église, on va voir fusiller les généraux qui ne se sont pas trouvés en même temps que l'empereur au rendez-vous de la gloire.... et qu'on a pu rattraper.

Cependant, les Dominicains, avertis de l'arrivée de leur redoutable ennemi, viennent à sa rencontre dès qu'ils sont assurés qu'il est reparti. Ils le suivent à leur tour, mais à une distance respectueuse; après l'avoir ainsi accompagné jusque sur ses terres, ils reprennent le chemin de leur capitale, chargés de tous les trophées qu'ils ont pu glaner sur la route. Dans ces campagnes mémorables, il est rare que les deux armées s'aperçoivent. Une fois, cependant, les dispositions, des deux côtés, avaient été si mal prises, que trois ou quatre cents Haïtiens, débouchant tout à coup dans une clairière, se trouvèrent nez à nez avec à peu près autant de Dominicains. Les deux troupes, rivalisant de noble ardeur avec leurs chefs, tombèrent l'une sur l'autre... à coups de poing.

L'histoire rapporte que cette bataille, célèbre sous le nom de Las Carreras, ne fut pas favorable aux Haïtiens, et que dans leur déroute ils perdirent un homme, écrasé par les fuyards, qui lui passèrent sur le corps. On dit pourtant que c'est à la suite de ce brillant fait d'armes que Soulouque crut devoir se proclamer empereur. Quoi qu'il en soit, c'est bien assurément en récompense de cette victoire que le général Santana, qui commandait les Dominicains, reçut les titres de : *General en jefe de los exercitos de la Republica Dominicana,* de *Libertador de la patria,* et de *Presidente del Estado.*

Dans le commencement, ces expéditions annuelles mettaient en émoi le corps diplomatique à Haïti. Le consul de France, qui avait une grande tendresse pour les Dominicains, s'inquiétait du sort qui les menaçait; il écrivait au chef de la station des Antilles que Soulouque se disposait à envahir la jeune république. Un aviso à vapeur de quatre canons arrivait au moment où le conquérant allait se mettre à la tête de son armée. Le consul général, en grand uniforme et suivi de tout le personnel de la légation, se rendait auprès de l'empereur et lui signifiait que, s'il ne renonçait à ses projets, il allait faire bombarder Port-au-Prince. Faustin s'emportait d'abord, protestait, déclarait que le gouvernement français était jaloux de sa gloire; puis, faisant de nécessité douceur, il se calmait et se résignait à n'opérer qu'une promenade militaire à travers ses États.

Le second diable bleu de l'empereur Faustin est M. Raybaud, le chargé d'affaires de France. Grâce à l'énergie qu'il a déployée dans plusieurs circonstances difficiles, et surtout lors du massacre des gens de couleur, cet agent est devenu, pour le monarque haïtien, un objet de terreur et de respect. Cette impression exerce d'ailleurs une décisive influence sur les payements de l'emprunt d'Haïti et de l'indemnité de Saint-Domingue. Chaque jour l'infortuné Soulouque adresse au ciel et au gouvernement français des prières pour qu'on lui envoie un autre ambassadeur. Mais le ciel lui garde rancune sans doute de l'accueil fait au nonce du pape, monseigneur Spacapietra. Ce digne évêque, venu pour conclure un concordat avec la cour de Port-au-Prince, fut bientôt forcé de vider la place en secouant la poussière de ses sandales. Quant au gouvernement français, il a trop lieu d'être satisfait de son agent pour songer à le remplacer.

Une fois, cependant, le monarque vindicatif crut ses vœux exaucés. A l'expiration d'un congé de quelques mois passés en France, M. Raybaud allait se rembarquer pour Haïti. On savait à Port-au-Prince qu'il avait retenu son passage sur l'*Amazone,* ce superbe steamer qui brûla si malheureusement en pleine mer, deux jours après son départ de Southampton, et sombra avec plus de deux cents passagers. La nouvelle du sinistre arriva à Haïti par le packet suivant; le personnage officieux qui courut l'annoncer au souverain ne manqua pas d'assurer que le consul général était au nombre des victimes. « *Le ciel est donc juste enfin!* » s'écria le monarque, ne pouvant contenir sa joie. Malheureusement pour l'empereur, notre agent, retenu à Paris quelques jours de plus qu'il ne pensait, ne s'embarqua point sur l'*Amazone.* On raconte même qu'au moment où l'on annonçait sa mort, M. Raybaud vint en personne réclamer à Faustin atterré quelques centaines de mille francs dont le payement était resté en souffrance pendant son congé.

Toutes les fois qu'un Français a sujet de se plaindre de quelque procédé ou des autorités de l'île, pour si peu qu'il ait été molesté par un Haïtien, on est sûr de voir arriver au palais le terrible consul :

— Empereur Soulouque, on vient encore de maltraiter un de mes nationaux, dit M. Raybaud.

— Hélas ! je le sais, consul, je le sais, se hâte de reprendre l'empereur, prévoyant l'habituelle conclusion de cet exorde ; dès demain le coupable sera fusillé.

— Sans doute Votre Majesté peut faire fusiller qui elle veut parmi les siens, ce que vous m'offrez est un commencement de réparation, mais cela ne suffit pas : il faut y ajouter quelque petite indemnité.

— Oh ! consul, pas pour cette fois ! Vous m'en avez déjà fait donner une le mois passé, et il ne me reste pas seulement en caisse de quoi payer mes soldats.

— Alors je vais en écrire au commandant Barbaroux.

— Non, consul, n'écrivez pas ; vrai, sur ma parole impériale, je n'ai pas d'argent en ce moment.

— J'en suis fâché ; mais si demain je n'ai pas les deux mille piastres d'indemnité que je réclame, j'enverrai prévenir le commandant.

— Mon bon monsieur Raybaud ! mon bon consul ! Deux mille piastres pour un coup de crosse de fusil ! C'est par trop cher ! Voyons, une petite diminution !

— Impossible, mon cher empereur, les choses ne peuvent s'arranger à moins.

Soulouque, qui sait qu'il n'y a pas à discuter avec cet inflexible diplomate, prend enfin le parti de s'exécuter. Grâce à cet expédient, auquel on a eu plusieurs fois recours, et dont M. Raybaud est l'inventeur, les Français, à Haïti, sont respectés comme des divinités.

C'est surtout aux époques stipulées pour le payement de l'indemnité ou des intérêts de l'emprunt, que la colère et le désespoir de Soulouque sont du plus haut comique. Il fait le malade, il se couche. A la veille d'une de ces terribles échéances, l'avaricieux monarque est allé jusqu'à offrir deux cent mille francs à M. Raybaud, pour le décider à prendre sa retraite ; le chargé d'affaires se contenta de lui répondre que tout autre à sa place ferait absolument comme lui, et que l'empereur ne devait pas oublier d'ailleurs qu'il y avait toujours là, prêt à faire respecter les traités, M. Barbaroux, le commandant, avec lequel il ne fait pas bon de plaisanter ni de se montrer récalcitrant.

— Qu'est-ce donc que ce commandant Barbaroux ? demandâmes-nous d'une seule voix.

— Depuis une aventure dont un officier de ce nom fut le héros en 1848, répondit le narrateur, tout commandant de navire de guerre français est pour Soulouque le commandant Barbaroux.

M. Barbaroux était alors capitaine de frégate. Il était venu avec son brick à Port-au-Prince pour protéger les sujets français et leur offrir un asile au besoin. Un soir qu'il retournait à son bord après voir fait un whist au consulat, on tira sur lui, presque

à bout portant, un coup de pistolet. La balle, heureusement, s'aplatit sur son hausse-col. L'assassin s'enfuit, mais pas assez vite pour que le capitaine ne pût apercevoir sa figure au clair de la lune.

Réparation fut demandée et promise aussitôt. On suppliait M. Barbaroux de désigner le coupable, pour que l'on pût en faire une justice exemplaire.

— C'est bon, dit le commandant, je le retrouverai bien.

En effet, quelques jours après, en descendant à terre, il crut reconnaître son homme, assis sur le quai, au milieu de plusieurs autres noirs. Apercevant l'officier qui venait droit à lui, l'individu essaya de se sauver. Mais M. Barbaroux, qui était un colosse non moins agile que robuste, l'eut bientôt rattrapé. Il l'empoigna par le collet, le ramena à sa baleinière, et retourna avec lui à bord : là, après l'avoir fait attacher à une vergue, afin que ses compagnons, restés ébahis sur le rivage, pussent bien le voir, il lui fit administrer la plus belle volée de coups de cordes qui, de mémoire de mousse, se soit donnée à bord d'un navire. L'opération terminée, il le fit reconduire à terre avec tous les égards dus à ses malheurs.

Comme le désirait M. Barbaroux, la correction avait été vue. D'ailleurs, le patient, arrivé sur la plage et tout en se frottant la partie lésée, eut bientôt rassemblé un auditoire qui frémit d'indignation en apprenant de quelle manière on avait osé traiter un citoyen d'Haïti. Après une tumultueuse délibération sur le parti à prendre, il fut résolu qu'on demanderait raison au capitaine de l'insulte qu'il venait de faire à tous les Haïtiens présents. Cinq ou six d'entre eux se disputèrent à qui entrerait le premier en lice avec l'audacieux commandant. Un héraut fut sur-le-champ dépêché à bord du brick pour porter le cartel.

On imagine quels cris de colère poussèrent ceuxlà restés sur le quai, quand ils aperçurent leur parlementaire subissant, à son tour, la même correction que le coupable. Mais quelle ne fut pas leur stupéfaction quand ils virent ensuite le capitaine descendre avec le patient dans une embarcation, aborder à quelques pas d'eux, ordonner aux matelots de retourner à bord, et seul, son sabre sous le bras, se diriger tranquillement vers le groupe menaçant. Les belliqueux patriotes se rangèrent respectueusement pour le laisser passer.

Soulouque sut bientôt toute l'affaire.

— Commandant *ci la la terrible* EN PILE (1), dit-il quelques jours après à M. Reybaud.

— Hélas ! sire, ils sont tous comme cela, répondit le consul. Il faut en prendre son parti et ne pas les contrarier.

L'empereur Faustin se l'est tenu pour dit. La vue d'un navire français qui arrive avec un commandant Barbaroux quelconque, lui inspire le plus grand respect ; il le manifeste par des salves de coups de canon qui coûtent toujours la vie à quelques-uns de ses artilleurs.

(1) *En pile*, dans le patois nègre, signifie beaucoup.

III

Mais le plus dangereux ennemi de Soulouque, celui qui lui cause le plus d'insomnies, c'est sans contredit le dieu Vaudoux, dont les innombrables et mystérieux sectateurs se rencontrent jusque parmi ses ministres et ses familiers.

Les nègres d'Haïti sont chrétiens et catholiques, le jour, et nulle part les prêtres ne voient accourir à leur confessional un plus grand nombre de pénitents. Cette dévotion, cependant, n'empêche point ceux qui se sont confessés le matin d'aller le soir au fond des bois, ou sur quelque morne isolé, sacrifier à Vaudoux. L'idole païenne que leurs pères adoraient en Afrique, et dont le culte s'est perpétué malgré toutes les persécutions, n'a rien perdu pour eux de son prestige. S'il faut en croire les histoires qu'on raconte tout bas, les holocaustes qu'on offre à cette terrible divinité ne se composent pas seulement d'animaux. D'épouvantables débris font souvent frémir les voyageurs et les chasseurs qui se hasardent dans les montagnes. Lors même qu'il serait possible d'instruire ces malheureux idolâtres, qui se chargerait de cette tâche difficile? Sont-ce les prêtres de l'île, aventuriers sans pudeur pour la plupart, ministres indignes, honteusement chassés des pays où ils profanaient leur ministère?

Un jour que la curiosité m'avait attiré chez un de ces marchands de prières, qui exercent en outre, à l'occasion, le métier d'aubergiste, je vis, pendant que je déjeunais, arriver cinq ou six de ses ouailles. L'une venait demander, moyennant finances, une messe pour guérir sa vache malade; l'autre, des prières pour chasser les esprits qui faisaient sabbat dans sa cabane, ou les cochons marrons qui dévastaient son jardin. Un pauvre diable qu'un lourd forfait oppressait sans doute vint pour se confesser. Sans se déranger, et tout en assaisonnant de jus de citron un morceau de tortue cuite dans sa carapace, le prêtre-aubergiste fit agenouiller le pénitent, et, d'une main agile, il lui donna l'absolution des crimes dont l'autre commençait à peine le récit.

— Allons, lève-toi et laisse-nous, lui dit le pasteur.

Ce devait être un bien grand criminel, car il resta agenouillé en pleurant.

— Oh! père, s'écria-t-il, encore un peu d'absolution!

— Tu n'as plus d'argent?

— Si, père, encore une petite piastre.

— Donne.

Et le père ajouta de la main gauche quelques signes de croix sur la tête du coupable, qui s'en fut plus léger.

Et maintenant doit-on s'étonner que ces malheureux, dont jadis on baptisait en gros les pères lorsqu'ils arrivaient d'Afrique, sans s'occuper de les faire renoncer à leurs fétiches autrement que par des violences et des supplices, reviennent à leurs premières habitudes et aux pratiques de leur enfance; doit-on trouver étrange qu'ils préfèrent les mystères de Vaudoux et leurs voluptueuses orgies au confessionnal où il leur faut payer en entrant?

Cependant quelques généreuses tentatives ont été faites pour les éclairer. Il n'y a pas longtemps qu'un homme d'un esprit-élevé, un prélat d'une foi ardente et active, est arrivé à Haïti. Sa douceur et sa persévérance ne devaient pas se rebuter facilement. Il venait, envoyé par le pape, pour rétablir un peu d'ordre et de décence dans l'indigne clergé actuellement en possession du pays. Il fut presque emprisonné, gardé à vue dans une maison par des soldats; on ne lui permit pas de dire la messe dans une église; son nom même fut tourné en dérision. De monseigneur Spacapietra les plaisants du lieu firent monseigneur Sac-à-papier; enfin le digne évêque dut se retirer, douloureusement déçu dans ses espérances et sa charité.

Soulouque, qui affecte de respecter la religion et les prêtres, qui ne manque pas chaque dimanche d'assister à la messe dans la cathédrale de Port-au-Prince, Soulouque n'est si bon chrétien que par respect humain et parce que tous les souverains, ses frères d'Europe, comme il les appelle, le sont également. Depuis qu'il a appris que l'empereur de Russie est le chef suprême de la religion dans son empire, il songe, lui aussi, à devenir le premier dignitaire de l'Église d'Haïti. Si la secte de Vaudoux voulait de lui pour grand-prêtre, il accepterait sans répugnance cet honneur, car il n'aurait plus à craindre ce pouvoir occulte qu'il poursuit partout sans jamais pouvoir l'atteindre. En désespoir de cause, il a pris, dit-on, le parti de s'affilier aux sectateurs de cette étrange religion.

Vaudoux, divinité terrible et omnisciente, qui sait tout, qui voit tout, qui entend tout, absolument comme le solitaire, a pour symbole une couleuvre. C'est sous cette forme qu'on l'adore et qu'elle transmet ses ordres au peuple par l'intermédiaire de ses prêtres. Eux seuls peuvent lui parler et la comprendre; eux seuls la consultent dans les occasions solennelles et dans les réunions périodiques destinées à réchauffer le zèle des fidèles.

Ces assemblées, que le grand pontife de Vaudoux fait connaître à chaque district quelques heures seulement avant celle de la réunion, se dissimulent sous les apparences d'un simple bamboula. Elles se tiennent tantôt sur des plateaux de montagnes inaccessibles, tantôt dans le lit desséché d'une rivière, plus souvent dans une de ces petites îles qui avoisinent la côte, mais jamais à la même place. L'étranger craignant l'ardeur du soleil, et qui parcourt de nuit les mornes de l'intérieur, entend souvent dans le lointain les sons d'un tambourin ou aperçoit dans quelque vallée la lueur d'un foyer. Il croit que c'est une réunion clandestine en contravention avec les édits impériaux. Soulouque, en effet, a sévèrement interdit la danse pendant six jours de la semaine. Le guide qui l'accompagne lui confie alors, en tremblant, que ce qu'il aperçoit est une assemblée de Vaudoux, et il lui raconte de lamentables histoires qui ont tenté de surprendre les secrets du culte africain.

Si la curiosité l'emporte sur la peur, si l'on est en nombre, si l'on peut arriver à travers les précipices, les torrents, les lianes qui coupent la route, jusqu'à l'endroit mystérieux, on ne trouve plus qu'une place vide ou bien des hommes et des femmes de tout âge qui se livrent au divertissement du bamboula. L'émotion, la prompte fatigue des partners s'expliquent sans peine par l'enivrement de cette danse bizarre qui donne le vertige, rien qu'à la regarder.

C'est dans ces assemblées cependant que se composaient et se composent encore ces terribles breuvages qui empoisonnent en un jour les troupeaux et les fleuves, qui frappent les hommes de mort, de furie ou d'imbécilité. C'est là que les adeptes apprennent à charmer les serpents les plus dangereux, à se couvrir le corps de ces ulcères et de ces plaies qui, autrefois, les dispensaient du travail pendant le jour, et qu'ils guérissaient, le soir venu, pour courir à la danse. C'est dans ces assemblées que s'organisa cette formidable révolte qui surprit, dans la nuit du 26 août 1791, toute la colonie. C'est là que les sectateurs de Vaudoux font encore de nos jours, avec les corps des malheureux qu'ils ont pu saisir, de ces épouvantables festins qui feraient de nouveau reculer le soleil, s'il n'était plus impassible qu'aux temps d'Atrée et de Thyeste.

Ces horreurs pouvaient encore s'expliquer autrefois : c'était soif de vengeance et haine du maître ; mais aujourd'hui que ces malheureux sont libres, ils n'ont d'autre mobile à de telles actions que le plaisir de faire gratuitement le mal ; c'est là ce qui distinguera toujours le blanc du nègre. Quand le blanc commet un crime, c'est sous l'empire de la passion ; le nègre, lui, tue, incendie, empoisonne, uniquement pour tuer, incendier et empoisonner, pour se repaître de la volupté que sa sensuelle et féroce nature trouve dans l'accomplissement des plus atroces forfaits.

— Quoi ! m'écriai-je, les nègres d'Haïti en sont encore à ce point de barbarie ! Êtes-vous bien sûr qu'il n'y ait pas quelque exagération dans ce que vous nous rapportez peut-être sur ouï-dire ?

— Ah ! vous aussi vous doutez, répondit l'enseigne. Eh bien ! laissez-moi vous raconter ce que j'ai vu de mes propres yeux. Il y avait quelques jours que nous avions mouillé aux Gonaïves, petite ville entre Port-au-Prince et le Cap-Haïtien. Comme vous, j'étais très-incrédule à l'endroit de ces récits que l'on prodigue toujours aux nouveaux débarqués.

— Voulez-vous vous convaincre par vous-même ? me dit un prêtre à qui j'avais avoué mon incrédulité. Il y a précisément une assemblée ce soir, et pas loin d'ici ; je le tiens d'un nègre qui est venu tout à l'heure se confesser et me demander ce qu'il avait à faire pour esquiver l'ordre qu'il a reçu. Partons ; il fait encore jour, nous pourrons nous cacher près du lieu du rendez-vous avant que personne soit arrivé.

Nous nous mîmes en route. Après une heure de marche environ dans le lit d'une rivière où il ne restait plus qu'un filet d'eau, nous arrivâmes à une petite place circulaire que de hauts bambous entouraient de tous côtés. Leurs cimes, en se recourbant, avaient fini par se rejoindre et former une voûte naturelle pleine d'ombre. C'était un endroit merveilleusement choisi pour un conciliabule de

démons. D'énormes blocs de pierre ; des quartiers de roches entraînés par les pluies torrentielles jonchaient bizarrement le sol ; la vue s'arrêtait tantôt sur une surface blanche et arrondie comme un œuf gigantesque, tantôt sur une masse violemment déchirée se hérissant en pointes aiguës de couleur rouge et grise. De gros troncs d'arbres tombés pêle-mêle sur la rive et à moitié couchés sous les herbes et les lianes semblaient d'énormes reptiles assoupis. La nuit qui tombait achevait de donner au tableau des teintes fantastiques. Rien ne manquait à l'horreur de ce spectacle, pas même un gros caïman, qui, le corps à moitié hors de l'eau qu'il battait de sa queue, achevait d'engloutir un jeune marcassin. La truie furieuse remplissait, non loin de là, l'air de ses grognements désespérés, tandis qu'une myriade de lucioles, s'enlevant du sol ou y retombant, semaient autour de nous une pluie d'étincelles.

Nous nous cachâmes de notre mieux dans le feuillage épais d'un arbre d'acajou et nous attendîmes. La lune ne devait se lever qu'après minuit ; le ciel était couvert de gros nuages noirs et le vent soufflait avec violence. Nous étions plongés dans la plus complète obscurité, n'osant plus dire un mot, car nous pouvions être entendus. Je ne suis pas plus poltron qu'un autre, mais une sueur froide me coulait du front, et un tremblement nerveux faisait claquer mes dents. Au bout d'un laps de temps que je ne saurais préciser, nous entendîmes à nos pieds une espèce de murmure qui alla en augmentant, et peu à peu nous pûmes distinguer un chant étrange, à mesure saccadée, entrecoupé de notes perçantes et de sons rauques.

Autant sont d'ordinaire gracieux et pleins d'un charme plaintif ces airs de mélodie si douce qu'on retrouve dans toutes les Antilles, autant celui-là était sauvage : il évoquait des pensées de meurtre et de sang. Nous écoutions cette terrifiante mélopée, lorsqu'un éclair, précédant une épouvantable explosion de la foudre, vint éclairer la scène pendant quelques secondes. Nous aperçûmes à nos pieds un grand cercle formé par une quarantaine de personnes qui tournaient en se tenant par la main. Au milieu étaient placés un petit enfant que je crois voir encore, une chèvre noire et deux ou trois autres animaux que je n'eus pas le temps de distinguer. Tout retomba dans l'obscurité ; le chant continua quelque temps, puis un profond silence se fit.

J'entendais battre mon cœur dans ma poitrine ; à chaque instant je craignais d'entendre aussi les cris du petit être que j'avais entrevu. Au bout d'un quart d'heure à peu près, une flamme légère commença de briller. Bientôt ce fut un grand brasier au-dessus duquel était suspendue une chaudière. Quelques hommes cassèrent des branches de l'arbre à résine, et les plantèrent en terre, après les avoir allumées. A l'aide de cette clarté, je cherchai l'enfant à la place où je l'avais vu ; il n'y était plus. On voyait seulement la chèvre noire, un gros coq blanc et une couleuvre. Je n'avais entendu aucune plainte, aucun cri. J'espérais que la pauvre créature n'avait pas été immolée. Je fus bientôt détrompé.

Un vieillard s'écria, à trois reprises différentes : Maintenant il est temps d'immoler un cabri noir ; — et tous les affiliés se prenant par la main, se mirent de nouveau à tourner et à répéter la chanson que nous avions déjà entendue. Souvent le cercle s'ouvrait, et le vieillard, suivi de tous les assistants, formait une longue file qui marchait en décrivant des figures bizarres. On eût dit un énorme serpent se roulant et se déroulant en anneaux capricieux, mais renfermant toujours dans ses replis les animaux qui se trouvaient d'abord au centre du cercle. Je remarquai même que la chèvre, qui bêlait et s'agitait au commencement, resta bientôt immobile. Lorsque le prêtre s'approcha d'elle et lui ouvrit la gorge, elle ne fit aucun mouvement, ne poussa aucun cri. Le chef la coupa par morceaux, recueillit le sang dans un vase, le porta à ses lèvres et le passa à son voisin de droite qui l'imita. Il jeta la graisse et les entrailles dans le foyer, les quartiers dans la chaudière ; après quoi il prit une des femmes, et chaque initié en fit autant. Alors commença une de ces scènes dont le récit ferait rougir nos matelots eux-mêmes.

Ils égorgèrent ensuite le coq, et les mêmes saturnales recommencèrent. A ce moment le prêtre s'arrêta :

— Mes amis, s'écria-t-il, il y a près de nous des profanes ; qu'ils sachent que je les vois, bien qu'ils se croient cachés. S'ils ne se montrent d'eux-mêmes à l'instant, j'irai les chercher, et ils serviront de victimes expiatoires.

— Ne bougez pas, murmura mon compagnon ; je supçonne fort ce vieux drôle, qui sait à quoi s'en tenir sur l'efficacité de ses sortiléges, de débiter cela à tout hasard. Il veut savoir s'il n'est observé par personne.

Le vieillard proféra une seconde fois son apostrophe menaçante, mais il eut à peine le temps de l'achever ; le tonnerre, qui grondait depuis le commencement de cette scène, éclata avec un bruit épouvantable, et une pluie diluvienne vint fondre sur l'assistance. La tourmente dura à peu près une demi-heure, déracinant les arbres et versant des torrents d'eau. Quand le ciel s'éclaircit, la lune venait de se lever. La place était déserte ; trois ou quatre individus, groupés autour de la chaudière et du foyer éteint, regardaient la rivière devenue torrent, et qui se précipitait contre la rive escarpée. Tout à coup le sol miné par les eaux s'abîma sous leurs pieds avec un bruit sourd semblable à celui d'un tremblement de terre ; hommes, autel, chaudière, tout disparut dans le gouffre. Quelques cris d'angoisse montèrent jusqu'à nous ; puis, à la place où s'était passée cette diabolique cérémonie, nous ne vîmes plus rien que l'eau dont les tourbillons, à la clarté de la lune, ressemblaient à un lac de plomb bouillant.

Nous restâmes ainsi toute la nuit sans oser sortir de notre retraite. Quand le jour levant nous eut rendu un peu d'assurance, la rivière avait repris son cours paisible. Nous aurions pu croire que nous sortions d'un mauvais rêve. Mais en arrivant aux Gonaïves, nous aperçûmes un grand rassemblement sur la plage, à l'embouchure de la rivière. Une négresse qui passait nous dit que la mer venait de rejeter sur le sable deux cadavres et un bras d'enfant.

Notre conteur était en verve ; il nous en aurait sans doute dit bien davantage sur le compte de Soulouque et des mœurs haïtiennes, si le timonier ne fût venu l'appeler pour prendre le quart.

— Mousse, mon hausse-col et ma casquette ! cria l'officier.

Un dernier trait pour finir, ajouta-t-il en bouclant son ceinturon. Soulouque, croyant avoir à se plaindre d'un de ses généraux, chargea le sénat de le juger, c'est-à-dire de s'en défaire. Par condescendance pour le souverain, on condamna le coupable à un mois de prison. Soulouque, exaspéré d'une punition si légère, s'écria que le sénat lui paierait cher son mauvais vouloir. Mais après quelques instants de réflexion, sa colère s'apaisa. Il venait de se rappeler que la constitution lui donnait le droit de commuer les peines. Il usa de cette prérogative pour faire fusiller le général.

Ces paroles dites, l'enseigne franchit lestement l'escalier qui menait sur le pont.

————

IV

Quelques réflexions.

C'est ainsi que chacun parle de S. M. Faustin Ier. Tout voyageur qui a seulement passé devant Haïti a une provision d'anecdotes de ce genre. Ce qu'il y a de plus triste pour ceux qui voudraient défendre Soulouque, c'est qu'à part quelques exagérations, on ne peut dire de tels récits qu'ils sont absolument faux. Cependant je dois ajouter, à propos de ceux que je viens de rapporter, que je n'ai pas vu des boîtes de sardines aux chapeaux des grenadiers haïtiens ; que j'ai assisté à une séance de Vaudoux, et qu'on n'y a pas mangé de chair humaine ; qu'enfin c'est le président Pierrot, et non pas Soulouque, qui a commué une peine de quelques mois de prison en une peine de mort.

Dans ce bizarre assemblage dont se compose le caractère du chef haïtien, il y a du grotesque et du sérieux, de l'atroce et du touchant. A ne le considérer que par le côté ridicule et odieux, on ne voit dans Soulouque qu'une parodie de souverain grossière et cruelle ; à l'étudier dans les traits qui témoignent de sa bonhomie et de son humanité, il ne serait pas impossible de voir en lui une sorte de Titus nègre. Quand on regarde la campagne à travers des vitraux jaunes ou rouges, tout change de couleur ; on voit le paysage le plus vert, le plus gai, revêtir une teinte blafarde ou sanglante. Ce sont là pourtant les mêmes arbres que dans la nature, le même ciel, les mêmes objets. Je crois qu'il en est ainsi pour Soulouque. Ceux qui ont pu le voir ne l'ont regardé qu'à travers leurs préjugés. Il n'est personne qui n'ait entendu parler et qui ne parle de cet étrange personnage ; mais combien peu connaissent le pays où il règne, le milieu social où il est obligé d'agir. Combien de gens, de ceux-là mêmes qui se moquent de lui volontiers, confondent habituellement Haïti avec Taïti, et croient que Faustin est l'époux de la reine Pomaré. On a beaucoup ri de sa cour impériale, de ses oripeaux et chamarrures, de ses ducs de haute fantaisie; mais a-t-on jamais songé que cette cour, ces distinctions, ces titres si ridicules pour nous, ne sont aux yeux des nègres qu'une conséquence naturelle de leur affranchissement? Qu'était pour eux jadis un homme libre? Un homme qui portait un habit brodé, et qu'on appelait monsieur le comte ou monsieur le baron, un personnage enfin qui devait obéissance à un roi ou à un empereur.

La première preuve d'une assimilation complète à leurs anciens maîtres, la première manifestation de leur liberté consistait donc pour eux à se donner un empereur ou un roi pris dans leurs rangs, à voir les leurs revêtus de ces habits brodés, de ces titres qu'ils considéraient comme inhérents à l'état d'hommes libres. D'ailleurs, Soulouque a trouvé là un moyen d'environner de plus de prestige et d'autorité ceux qu'il instituait ses grands dignitaires. Cette observation est vraie dans le passé comme dans le présent : tous les chefs qui se sont succédé au pouvoir depuis l'émancipation se sont faits rois ou empereurs quand ils en ont eu le temps : témoin Dessaline et Christophe. Ce dernier avait une cour bien autrement compliquée que celle de Faustin; mais elle n'eut le bonheur de n'être point chantée par les poètes du *Charivari*.

Les noms donnés par Soulouque à sa noblesse sont pour la plupart grotesques à nos yeux; mais il n'en est pas de même pour les Haïtiens, qui savent que le duc de la Marmelade, par exemple, est le lieutenant général qui commande à la Marmelade, comme le comte des Plaines du Nord est le général de brigade qui a sous ses ordres le canton des Plaines du Nord. Quoi de plus rationnel, en créant une noblesse, que de rattacher des titres aux fonctions et d'accoler à ces titres le nom du pays, de la ville ou du bourg où le dignitaire doit exercer sa charge? S'il y a quelques titres qui prêtent à rire, il en est que bien des gens en France ne dédaigneraient pas de porter.

Ceux de duc de Vallière, par exemple, de Léogane, des Gonaïves et d'autres encore produiraient un assez bel effet, jetés à la porte d'un salon par la voix retentissante d'un huissier. Ces contrefaçons de nos mœurs, si singulières qu'elles semblent au premier abord, témoignent d'ailleurs d'un vif instinct d'imitation qui peut avoir son utilité, au point de vue du progrès.

Qu'est-ce en effet, pour un peuple, que la civilisation ou le progrès, si ce n'est l'imitation d'abord grossière, ensuite plus intelligente et plus raisonnée, de ce qu'ont fait d'autres peuples avant lui? N'avons-nous pas nous-mêmes imité les Romains, comme les Romains avaient imité les Grecs, comme les Grecs avaient imité les Egyptiens? Sommes-nous sûrs d'avoir été plus heureux dans nos premiers essais que les nègres d'Haïti? Y a-t-il longtemps même que Soulouque aurait pu s'écrier en nous regardant : Ah! si mes compatriotes savaient peindre!

Ce reproche de ridicule, qui n'a rien de bien grave en soi, est cependant le plus terrible de ceux qui pèsent sur le monarque haïtien. Les hommes sérieux qui se sont occupés de lui autrement que pour trouver un sujet de caricature, l'accusent en outre de barbarie et de cruauté. Les meurtres qui

ensanglantèrent Port-au-Prince, en 1848, ne donnent que trop de vraisemblance à leur opinion.

« Mais, me disait un jour un des ministres de Soulouque, croit-on que ce soit pour notre plaisir que nous avons fait couler le sang? Nous y étions malheureusement bien forcés; nous ne pouvions pas nous laisser égorger sans nous défendre. Il y a eu lutte sanglante, a-t-on dit, entre le parti noir et le parti mulâtre; la lutte n'a existé qu'entre les défenseurs d'un gouvernement légalement établi et ceux qui avaient allumé la guerre civile pour le renverser. On a représenté cette déplorable affaire comme un massacre de la race de couleur par la race noire: cela n'est pas. La preuve, c'est que, parmi ceux qui ont péri les armes à la main ou qui ont été condamnés comme rebelles, il y avait beaucoup de noirs, et que nous comptions dans nos rangs un grand nombre de mulâtres. Il n'est que trop vrai que dans notre malheureux pays, il existe une rivalité, une haine profonde entre la majorité des noirs et la plus grande partie des hommes de couleur. Mais, est-ce Soulouque qui a créé cette antipathie? Elle est née le jour où la classe de couleur, récemment émancipée, fit cause commune avec les blancs pour maintenir les nègres dans l'esclavage. Elle s'est accrue le jour où l'aristocratie coloniale, pour défendre ses privilèges, arma ses esclaves contre les mulâtres. Elle s'est perpétuée en s'avivant constamment dans les luttes des deux partis pour s'emparer du pouvoir. Que pourrait faire l'homme le plus sensé, s'il était appelé à gouverner un peuple composé de deux éléments aussi hostiles? Il lui faudrait d'abord tâcher de réconcilier les deux populations ennemies; c'est ce que Soulouque a tenté : c'est le but qu'il a poursuivi pendant plus d'une année sans pouvoir l'atteindre. Et cependant il avait pour lui des chances de succès qu'on ne retrouvera peut-être jamais. Sa couleur lui permettait de prendre bien des mesures sans inspirer de défiance aux nègres. D'un autre côté, il avait heureusement traversé nos guerres civiles sans se compromettre avec aucun parti. Sa bonté, ses pacifiques intentions, sa déférence pour les hommes de couleur, généralement plus capables et plus instruits que les noirs, devaient le faire adopter par eux. Il n'en fut rien; les mulâtres se moquaient de lui et conspiraient sa chûte, afin de nommer un des leurs à sa place.

» Il vit qu'il fallait sévir ou quitter le pouvoir. Il préféra ce dernier parti. Que de peines nous eûmes alors à l'empêcher de donner sa démission, à lui persuader qu'il était de son devoir de défendre la majorité de la nation contre une minorité hostile et factieuse! Voilà comment nous avons été fatalement amenés à nous appuyer sur la partie la plus inculte de la population, comment nous avons été réduits à faire trembler la classe la plus éclairée, vers laquelle cependant nous portaient nos sympathies, et dont nous avons dû nous faire craindre, n'ayant pu nous en faire aimer. Quelques mulâtres, deux ou trois tout au plus, l'ont compris et se sont sincèrement ralliés à nous. La position qu'ils occupent près de l'empereur montre combien il serait heureux de les accueillir tous. Mais, loin de venir à lui, ils perdent leur temps en regrets et en conspirations stériles. Nous sommes forcés, à chaque instant, d'avoir recours à de nouveaux châtiments pour maintenir dans l'obéissance cette race soumise en apparence, mais non domptée encore. »

Il faut avoir séjourné quelque temps aux colonies pour savoir ce qu'il y a d'irréconciliable dans les haines et les préjugés de couleur. Soulouque pourrait-il réussir à opérer une fusion entre les classes rivales, quand depuis dix ans tous les efforts tentés à cet égard par ceux qui ont gouverné nos possessions dans les Antilles sont demeurés infructueux. Il lui fallait donc opter entre les deux partis. Devait-il abandonner celui auquel le rattachait son origine, celui qui l'avait jusqu'alors soutenu, pour se faire le champion des mulâtres? Sans doute ceux-ci étaient plus intelligents, plus instruits, et Soulouque, avec eux, aurait pu marcher plus rapidement dans la voie du progrès et de la civilisation; mais il sentait bien que sa peau noire le rendrait toujours pour eux un objet de dédain et de méfiance. Une fois le triomphe des mulâtres assuré, en admettant que cela fût possible, ne devait-on pas craindre de voir la lutte recommencer entre les mulâtres et les quarterons, entre les quarterons et les métis? Cette classe, qui ne forme que la minorité de la population haïtienne, pouvait-elle d'ailleurs espérer de maintenir les noirs sous son autorité? Ne serait-elle pas obligée d'appeler l'étranger à son secours et d'ouvrir ainsi la porte aux Américains et à l'esclavage? Je ne sais si je me trompe, mais il me semble que, de la part de Soulouque, c'est preuve d'un grand bon sens d'avoir compris que c'était seulement avec les noirs qu'il pouvait fonder un État qui offrît quelque chance de durée.

On a beaucoup ri de certaine théorie inventée par Faustin. Il prétend que le noir est supérieur au blanc, et que lorsqu'on n'a pas l'honneur d'être un nègre pur sang, il vaut mieux être Capre que mulâtre, mulâtre que quarteron, quarteron que métis. Rien n'est cependant plus logique. Permettre aux hommes de couleur d'afficher leur dédain pour les nègres, n'était-ce pas encourager leurs prétentions et leurs rébellions? Proclamer la supériorité des noirs, les choisir de préférence pour les emplois publics, donner ainsi à chacun d'eux le désir et la facilité de s'en rapprocher, n'est-ce pas un moyen de fusion ingénieusement imaginé? La théorie Faustin a, du moins, cet avantage qu'aucun habitant d'Haïti ne se fait illusion sur la blancheur de sa peau. De plus, il sait parfaitement le sort qui lui serait réservé si les Américains s'emparaient du pays. Cette théorie est d'ailleurs généralement admise aujourd'hui à Port-au-Prince, et c'est une flatterie de très-bon goût que de complimenter une jeune fille sur l'ébène irréprochable de sa peau. Comme toute flatterie, néanmoins, celle-ci veut être maniée avec précaution, et mal en prit il y a quelque temps à un peintre de l'avoir poussée trop loin. On lui avait demandé un Christ pour une église. Le malheureux crut faire un coup de maître en donnant la couleur noire au Sauveur des hommes. Mais, le jour où la toile qui recouvrait son tableau tomba et laissa voir aux fidèles cette œuvre originale, la maison de l'artiste fut saccagée, et il ne dut la vie qu'à ses jambes qui le portèrent à temps sous le toit du consulat de France.

On prétend que Soulouque enrégimente de force tous les hommes valides et qu'il les enlève ainsi aux travaux de l'agriculture; mais, c'est précisément pour les faire travailler qu'il les enrôle. Quand un homme a atteint l'âge fixé par la loi, on l'incorpore au régiment qui tient garnison dans sa province et on l'envoie, au son du tambour, récolter le café ou couper l'acajou.

Dans un pays où l'homme ignore les besoins matériels, où non-seulement sans bourse délier, mais sans se donner la moindre peine, on sait pourvoir à tout, il est à craindre que le nègre ne retourne bien vite à la vie sauvage, s'il n'est contraint au travail par la force ou les châtiments, si les institutions ne l'obligent, dans son intérêt, à secouer une indolence que le climat provoque et que la fertilité du sol encourage.

Supposez un nègre livré à lui-même, supposez-le très-soigneux de sa personne (cela se voit), craignant le soleil, le grand air ou les fortes averses; admettez, en outre, qu'il ait certains préjugés contre la rosée de la nuit et le clair de lune, lesquels donnent, à ce qu'on prétend, des ophthalmies; quatre pieux plantés dans le sol et quelques feuilles de bananiers feront à ce sage un abri plus que suffisant. Une simple cabane aura même à ses yeux, sur les maisons en pierres, cet avantage, qu'on y peut dormir, sans avoir à redouter les tremblements de terre. Pour ce qui est de la nourriture, n'aura-t-il pas à la portée de sa main les fruits les plus savoureux? La fatigue se bornera pour lui à les cueillir. N'oublions pas que les sources et les rivières sont nombreuses à Haïti; elles donnent une boisson aussi saine que naturelle, sans parler de l'eau de coco et du jus de la canne. Les forêts y sont pleines de gibier, les rivières de poisson; le tabac y pousse comme une herbe vulgaire. Quant aux vêtements, à quoi bon s'en inquiéter? est-il un jour de l'année où ils ne soient, pour l'enfant de la nature, moins une utilité qu'une gêne?

Placez le paysan de nos campagnes, l'ouvrier de notre Europe industrielle dans la situation où se trouve le naturel d'Haïti, il est fort à présumer qu'ils penseront ce que pense ce dernier sur la nécessité du labeur humain. En vain leur direz-vous que le travail est un devoir, que sans le travail il n'y a plus ni société, ni civilisation, ni progrès, ils vous répondront que, ne manquant de rien, ils se soucient assez peu du progrès, de la civilisation, de la société, et... ils vous prieront poliment de vous ôter de leur soleil.

— Quant à moi (je l'avoue en rougissant, mais je l'avoue), combien de fois me suis-je surpris à envier le sort de ceux qui, nés dans ce fortuné pays de Soulouque, n'ayant aucun de nos besoins de civilisés, peuvent laisser couler la vie sans regrets de la veille ni soucis du lendemain! J'ai tort, sans doute, mais je ne puis me défendre de penser que si une pareille existence n'est pas précisément utile, elle est à coup sûr moins nuisible à l'humanité que celle de bien des civilisés de ma connaissance, et qu'à tout prendre, il vaut encore mieux pêcher dans les rivières ou sur les plages d'Haïti que dans l'eau trouble et les bas-fonds de la spéculation. Quoi qu'il en soit, ce n'est point aux socialistes et aux philanthropes modernes, à ceux qui ont proclamé la nécessité du travail, qu'il appartiendrait de blâmer Soulouque de forcer ses sujets à travailler. Je ne connais pas un seul de ses actes qui n'ait ainsi sa raison d'être et qu'on ne puisse au besoin justifier.

Ce serait se livrer à une enquête des plus curieuses que d'étudier la carrière de ce nègre empereur, depuis le jour où il n'était encore que guide au service du général Lamarre, jusqu'au jour où il a été élu président. On le verrait homme de mœurs simples et douces dans la vie privée, gagnant un à un ses grades militaires, n'attachant son nom à aucune des atrocités qui signalèrent la lutte entre les mulâtres et les noirs, arrivant enfin au pouvoir à l'âge de soixante ans, sans l'avoir peut-être jamais désiré, et au moment où il s'y attendait le moins. Personne ne fut plus étonné que lui de son élection présidentielle. Il se montre dès lors animé d'un ardent désir de conciliation; son vœu immédiat est de donner satisfaction à tout le monde. Surpris par la fortune, il l'accueille pour faire ou du moins pour chercher à faire le bien. Il inaugure sa présidence par un service solennel en l'honneur de ce général Lamarre, qui a été son bienfaiteur et dont il retire aussitôt la famille de la misère.

Voilà ses débuts au pouvoir. Plus tard, quand, pour prix de ses généreuses intentions, il ne recueille que la méfiance des siens, quand il se voit en butte aux moqueries, aux manœuvres des mulâtres, qui, prenant sa bonté pour de la faiblesse, méditent sa ruine et travaillent à le renverser, que fait-il? Forcé de sévir, il patiente encore, il hésite : « Je sais, dit-il à ses conseillers, je sais qu'on conspire contre moi, je sais quels sont les coupables, je les connais tous par leurs noms; *mais quand je songe à ce qu'il faut de peines et de soins à une famille pour faire un homme de vingt-cinq ans, je ne me sens plus le courage d'agir.* »

Ces paroles seraient belles dans n'importe quelle bouche; je les trouve admirables dans celle d'un nègre inculte, qui sait à peine lire, qui dispose d'une puissance sans contrôle, et dont la vie s'est passée au milieu de gens façonnés par un demi-siècle de guerre civile à ne voir dans la mort d'un ennemi que la chose la plus naturelle du monde.

Forcé enfin d'opter entre le rôle du boucher et celui de la brebis, convaincu par une triste expérience qu'il faut un bras de fer pour conduire les hommes, qu'ils soient blancs ou qu'ils soient noirs, Soulouque, il est vrai, pousse bientôt la sévérité jusqu'à ses limites extrêmes; il ne recule pas devant les cruautés; il devient sanguinaire. Mais, du moins, parvient-il ainsi à atteindre le but vainement poursuivi depuis l'affranchissement des nègres : il crée un pouvoir stable; il met un terme à ces orgies sanglantes où deux classes rivales ont épuisé leurs forces pendant plus de cinquante ans de luttes intestines.

Reproduire ainsi les faits sous leur jour historique, ce serait tracer de l'empereur Faustin un portrait moins vraisemblable, mais à coup sûr plus vrai que celui que chacun de nous connaît. On ne nous a donné jusqu'à présent que sa caricature. Je m'étonne que Soulouque, considéré dans son milieu et à ce point de vue où l'ont placé les événements, n'ait encore tenté ni inspiré aucun peintre. Plus j'examine attentivement ce singulier personnage, plus je découvre en lui de suite dans les idées et de logique dans la conduite. Il y aurait là, je le répète, une curieuse étude à faire, et peut-être une grande injustice à réparer.

En attendant que justice se fasse, ce que je veux seulement signaler, c'est que le chef noir d'Haïti a su développer chez son peuple un sentiment très-vif de nationalité, c'est qu'il a su fonder un Etat qui se suffit à lui-même et présente de grandes chances de stabilité, c'est qu'enfin, loin de prêter les mains à une invasion américaine, ce danger, qui menace les Antilles, il s'y opposera de toutes ses forces, guidé par son intérêt et le simple bon sens.

Peut-être me trouvera-t-on quelque peu indulgent pour ce souverain noir. Voyageur prévenu, si j'étais débarqué sans transition dans son empire, comme on le fait d'habitude quand on vient du Havre ou de Southampton, j'aurais sans doute été aussi sévère à son égard que bien d'autres. Mais j'ai dû d'abord passer trois mois dans la république Dominicaine. Cette petite escale a été fort utile à mon édification. Quelques épisodes de mon séjour à San-Domingo suffiront à prouver que Soulouque n'a pas le monopole du ridicule, et que la république Dominicaine, que nous avons entourée de tant de sympathies, ne nous témoigne sa gratitude qu'en se montrant de jour en jour plus hostile à la France.

LES DOMINICAINS TELS QU'ILS SONT

I

Un vice-président contumax.— Mœurs politiques. — Un capitaine de vaisseau sans fierté. — Un beau navire. — Artilleur et cuisinier.—Art d'élever un phare et de s'en faire des rentes.

Dix-huit jours après notre départ de Lorient, la *Pénélope* mouillait dans la rade de Saint-Thomas. L'ancre était à peine jetée que nous vîmes se détacher une embarcation d'une petite goëlette rangée à peu de distance. Quatre vigoureux noirs servaient de rameurs; un cinquième, en uniforme de capitaine de vaisseau, se tenait à l'arrière : c'était le commandant de la goëlette *la Buenaventura*, que le gouvernement dominicain avait envoyée au-devant de nous. Ce galant homme venait nous offrir ses services et se mettre à notre disposition. Il nous prévint que le vice-président de la république, M. Baëz, en ce moment à Saint-Thomas, nous attendait à dîner. Il était impossible de débuter sous de meilleurs auspices.

Nous nous empressâmes de descendre à terre pour présenter nos respects au fonctionnaire qui mettait tant de courtoisie à nous accueillir; pendant ce temps, le commandant voulut à toute force se charger de faire transporter nos bagages à bord de son navire.

Nous trouvâmes en M. Baëz un des hommes les

plus aimables qu'il soit possible de rencontrer. Spirituel et instruit, parlant plusieurs langues, il faisait à merveille les honneurs de chez lui. Malgré sa peau un peu brune et ses cheveux légèrement crépus, il est rare d'avoir un extérieur plus avenant et des manières plus distinguées.

Depuis que j'ai su que M. Baëz a été plusieurs fois en France et en Europe, qu'il y a plaidé près des hommes les plus influents la cause de la république de San-Domingo, j'ai mieux compris l'opinion favorable qu'ont de ce petit État tous ceux qui savent qu'il existe. On a jugé les Dominicains et leur république d'après M. Baëz, le seul homme de ce pays qu'on ait encore vu à Paris. Malheureusement pour ses compatriotes, ils lui ressemblent très-peu ; aussi l'avaient-ils exilé.

Au moment où nous le rencontrâmes à Saint-Thomas, il venait d'y arriver, disgracié, chassé de son pays, éprouvant à ses dépens qu'il est partout dangereux de s'élever, ne fût-ce que par le mérite, au-dessus de ses rivaux.

Après avoir paisiblement rempli par d'utiles travaux les quatre années de sa présidence, il était descendu du pouvoir. Bien des gens l'avaient engagé à s'y maintenir, et il eût pu le faire aussi longtemps qu'il aurait voulu, mais il aima mieux faire preuve d'obéissance et respecter une constitution que j'ai vu modifier quatre ou cinq fois en un an.

En prêchant ainsi d'exemple, suivait-il simplement les seules inspirations de sa conscience et les conseils du républicain Lamieussens, alors consul de France à Santo-Domingo, ou désirait-il se faire valoir par le parallèle qu'on ne manquerait pas d'établir à son avantage entre lui et son successeur ? Ce désir ne fut-il pour rien dans sa détermination ? Je ne sais ; mais le général Santana, qui le remplaça au pouvoir, n'eut rien de plus pressé que de se débarrasser, en l'exilant, d'un modèle trop difficile à imiter.

M. Baëz supportait philosophiquement sa disgrâce. Il nous parla avec enthousiasme de son pays et sans trop d'amertume de son successeur. Le dîner fut gai ; le commandant de la goëlette, le sieur Dickson, ancien négrier, qui s'était mis au service de la république, but à la prochaine présidence de M. Baëz et à la chute de Santana. Je trouvai ce toast un peu hasardé de la part d'un colonel de marine, placé sous les ordres de M. Santana. Je n'étais pas initié aux mœurs politiques de ces braves républicains. Ils ne se font aucun scrupule de servir deux partis à la fois. J'étais loin de penser que les ministres qui, de concert avec le général Santana, bannirent M. Baëz, avaient été ceux mêmes de l'ancien président. Chaque navire venant de Santo-Domingo n'en apportait pas moins à celui-ci des protestations de fidélité écrites par ces hommes d'État. Ils n'agissaient ainsi, lui répétaient-ils sans cesse, que dans son intérêt et pour préparer son retour. Nous nous sentions, quant à nous, assez embarrassés depuis qu'on nous avait appris la position de notre hôte vis-à-vis du gouvernement que nous allions servir. Le titre de vice-président, dont l'avait gratifié Dickson en nous transmettant son invitation, était de pure courtoisie. Aussi, quand l'honnête capitaine nous demanda quel jour nous voulions

partir, nous répondîmes que nous étions à sa disposition. Dickson nous donna rendez-vous pour le lendemain matin, à cinq heures, afin de profiter de la brise de la terre pour sortir de Saint-Thomas. Il poussa la complaisance jusqu'à nous offrir de se charger pour notre compte de l'achat de quelques provisions de bouche, l'ordinaire de son bord, ajouta-t-il, ne devant pas être assez délicat pour nous. Il reçut aussitôt une dizaine de piastres qu'on lui compta pour aller faire son marché ; et, après avoir pris congé de M. Baëz, nous retournâmes passer notre dernière nuit sur cette pauvre *Pénélope*, que nous devions tant regretter à bord de la gélette dominicaine.

Le lendemain, avant cinq heures du matin, nous étions à bord de *la Buenaventura*. Le vent était excellent. Nous nous promettions une prompte traversée ; mais on n'avait pas vu le capitaine depuis la veille, et nul ne savait quand on devait partir. A l'avant, au milieu d'un amas de cordages, de chaînes rouillées, de débris de toute espèce, trois ou quatre négrillons à demi-nus, sales à faire peur, buvaient du tafia et chantaient, si l'on peut appeler chant les cris nasillards qu'ils faisaient entendre.

Vers le centre, s'élevait une espèce de hutte en bois, assez semblable à l'échoppe qui servait autrefois à nos marchands de journaux sur les boulevards. Le tuyau qui la surmontait, la fumée et l'odeur de graisse qui s'en échappaient trahissaient la cuisine. A côté, se trouvait une cuve à moitié remplie d'eau. Une vieille boîte à sardines, suspendue au bord du baquet par un fil de fer, servait de tasse. De temps en temps un des affreux personnages de l'avant, les lèvres tout humides encore de tafia et de jus de tabac, s'avançait, remplissait la coupe et la portait à sa bouche. Il avait bien soin de se placer au-dessus de la cuve, de façon que pas une goutte d'eau ne fût perdue. Après avoir bu, il rejetait le fond de la tasse dans le baquet et cédait la place à un autre, qui se désaltérait avec les mêmes précautions. C'était la seule eau douce qu'il y eût à bord. Au risque de la fièvre, je me promis bien de ne boire que du vin.

A l'arrière, quatre niches qui eussent fait triste figure dans la cour d'une ferme, servaient de cabines. On ne pouvait y entrer qu'à la façon des animaux à quatre pattes. Nous abdiquâmes notre dignité de bipèdes, et nous nous y établîmes de notre mieux. Il fallait chercher un abri contre le soleil et la pluie qui, de demi-heure en demi-heure et alternativement, se faisaient les honneurs du ciel. Quand il pleuvait, le toit laissait tomber à l'intérieur la plus grande partie de l'eau qu'il recevait. Quand le soleil brillait, il nous arrivait par les fentes des planches de larges rayons qui nous brûlaient comme s'ils eussent passé au travers d'une formidable lentille. Si délabré qu'il fût, cet abri valait encore mieux qu'une chambre de huit pieds carrés, pratiquée sous le pont. — Les ravets, les bêtes à mille pattes et les fourmis, tranquilles possesseurs de cette pièce, ne toléraient pas qu'on y entrât. Tel est le meilleur navire dominicain.

Si l'on songe à ce que dure le temps quand on souffre ; si l'on songe que chaque heure de retard nous condamnait à une heure de torture, on peut se figurer de quel air nous reçûmes le capitaine Dickson, quand, à six heures du soir, lorsque le vent du large allait remplacer la brise de terre dont nous avions besoin pour appareiller, il arriva ivre-mort. L'ex-négrier avait consciencieusement employé son temps et notre argent. Des volailles, des jambons d'Amérique, un panier renfermant douze bouteilles de bière et autant d'eau-de-vie, plaidaient éloquemment son excuse.

Intègre jusqu'au bout, il avait voulu, afin de s'assurer de leur qualité, goûter lui-même aux comestibles avant de nous les présenter. L'eau-de-vie surtout avait été de sa part l'objet d'un long examen; deux bouteilles vides attestaient que ce n'était pas à la légère qu'il s'était décidé à nous l'acheter. Il ne s'en était pas rapporté à l'étiquette, bien que cette étiquette fût des plus respectables et conçue en ces termes :

Old fine Champagne, Dussaut, 1793. *Price :* 1 *shelling.*

Nous nous sentîmes touchés de tant de dévouement, et, jugeant bien que toute espèce de récrimination ne pouvait que retarder encore l'appareillage de la goëlette, nous nous abstînmes de nous plaindre. Le vaillant marin d'ailleurs prévint fièrement nos reproches en s'écriant, dans son idiome composé de trois ou quatre langues : — Moi pas capitaine marchand! Navire moi, pas navire marchand comme packet anglais! Navire moi, navire de guerre! et partir pas comme eux, à heure fixe, mais quand moi voulé; etc.

Après avoir, en ces termes, établi son droit d'omnipotence absolue, il daigna toutefois ordonner de déployer les voiles. Il revêtit son costume de commandement, qui ne se composait que d'un pantalon, donna la main aux jeunes gens qui levaient l'ancre, et, après moins de trois heures de travail, nous eûmes enfin la satisfaction de sentir déraper la goëlette.

— *Tira la canon!* s'écria Dickson. L'échoppe s'ouvrit, et une forme humaine, coiffée d'un mouchoir et vêtue d'un tablier de cuisine, apparut, une cuiller à pot dans une main, un tison dans l'autre. Il approcha cette mèche improvisée de la lumière d'un canon : le coup partit. Le tison reprit modestement sa place sous la marmite, la cuiller dedans. Nous étions en route!

Un quart d'heure après, la nuit était tombée, et tout dormait à bord. Comment, avec un tel équipage, des voiles ainsi orientées, sommes-nous sortis sans encombre des rochers qui hérissent l'entrée de Saint-Thomas? Comment nous trouvâmes-nous, le lendemain matin au jour levant, presque en bonne route, ayant fait une vingtaine de lieues? Dieu seul le sait! Mais qu'un pareil miracle se soit renouvelé, et que le même équipage, le même capitaine, le même bâtiment aient, pendant les trois mois que j'ai passés à Santo-Domingo, recommencé cinq ou six fois la même traversée, voilà ce que je comprends moins encore.

Il est vrai que le lendemain le capitaine, dégrisé, fit mettre en panne au tomber de la nuit, jusqu'au retour du soleil; même manœuvre les jours suivants. Maître Dickson m'avoua que, d'habitude, il ne naviguait jamais la nuit, n'ayant plus les côtes en vue pour lui servir de guide, et la boussole ne lui inspirant plus qu'une confiance médiocre.

Le troisième jour, vers huit heures du soir, nous commencions à dormir, quand les cris du capitaine et de tout l'équipage nous réveillèrent en sursaut :

— *Voyez, messieurs, voyez le phare de Santo-Domingo!* On apercevait un point lumineux à l'horizon : nous cherchions, mais en vain, la cause de cette joie subite.

A quel péril avions-nous donc échappé pour que ces braves gens fussent si contents de se retrouver près de leur patrie après un voyage d'une centaine de lieues? Ces exclamations bruyantes avaient une autre cause : c'était la première fois que nos marins voyaient la lumière du phare, construit sous l'administration de M. Baëz. Le phare était alors dans toute sa nouveauté; on l'allumait presque tous les soirs. Peu à peu le gardien, trouvant inutile de consommer à cet usage une huile qu'il pouvait vendre, s'habitua à ne plus allumer que les jours de fête.

Il faut ajouter, pour ne pas calomnier ce garde économe, qu'il avait soin de tourner le foyer du côté de la ville, et surtout vers la maison du consul anglais, chez lequel il avait servi. Quant aux navires qui, dans ces parages dangereux et par les gros temps si fréquents sur la côte, cherchaient le phare qu'une notice pompeuse, envoyée dans les principaux ports du monde, signalait comme projetant sa lumière à vingt milles à la ronde, ils devaient se tirer d'affaire comme ils pouvaient. On avait pourvu à l'essentiel : le gouvernement dominicain percevait de ces mêmes navires des droits énormes pour l'entretien d'un feu qui ne se voyait... que du rivage.

II

Le soir de notre arrivée, par un heureux hasard, le phare s'apercevait de la mer, malgré un clair de lune qui permettait d'y voir comme en plein jour. Nous approchâmes du rivage, presque à une portée de pistolet. L'ancre tomba; le canon annonça notre arrivée; il était neuf heures et demie. Joyeux d'échapper à notre prison flottante, en cinq minutes nous étions prêts à descendre; mais le capitaine nous fit gracieusement observer qu'il était neuf heures passées, que les portes de la ville étaient fermées, et que, sous aucun prétexte, on ne nous les ouvrirait, les clefs étant déposées, chaque soir, chez le commandant de la place. Le fait était exact. La consigne, sur ce point, est d'une rigueur inflexible. Seulement, à côté de cette porte, une brèche, assez large pour laisser passer une voiture, concilie les exigences du service, comme il doit se faire dans une ville qui se respecte, avec la commodité des habitants. Le patriotisme et la prudence de Dickson l'avaient empêché de nous faire connaître le côté faible de la place. Le lendemain, quand nous lui en fîmes la remarque, il nous répondit que la brèche était pratiquée pour les habitants du pays, mais non pas pour les étrangers.

Il fallut donc se résigner à attendre le lever du jour et l'ouverture des portes. Comment passer le temps qui nous séparait de ce moment si impatiemment désiré? La nuit était si claire, la mer si belle, qu'il nous prit envie de nous baigner. J'étais déjà à l'eau, et Anselin se préparait à me suivre, quand Dickson parut sur le pont. De ma vie je n'ai vu de figure plus effrayée, ni entendu de cris plus désespérés.

—Senor Dios! s'écriait le capitaine, miséricorde! Voulé tuer corps vous! Réquins en masse! Monté! monté!

Je n'étais qu'à quelques mètres de la goélette, et je l'eus bientôt rejointe.

— Il y a donc ici beaucoup de requins? demandai-je.

— Si téni réquin? Dios mio! vous qu'à voir!

Il descendit dans la chambre, et reparut avec un morceau de lard. Il en garnit un énorme hameçon rivé à une chaîne, l'attacha à un gros câble, et le jeta à la mer. Moins d'une minute après, les secousses désordonnées que le câble imprimait à une vergue à laquelle on l'avait amarré nous prouvèrent que le capitaine n'exagérait rien. Trois hommes s'attelèrent à la corde, et ce ne fut pas sans une singulière émotion que je vis sortir de l'eau un requin de sept à huit pieds. Il fut bientôt sur le pont qu'il ébranlait de ses bonds. Une fois qu'on l'eut solidement attaché par la queue, tout en le laissant suspendu à l'hameçon, le plus hardi de l'équipage lui coupa les nageoires à coups de hache; un autre lui enfonça deux gros piquets dans les yeux, puis il fut rejeté par-dessus le bord.

Le lendemain, à six heures, nous espérions descendre à terre. Nous avions compté sans le pilote, sans la douane, sans la commission de santé. Vers huit heures, le pilote ne paraissant pas, Dickson se décida à l'envoyer chercher. Deux naturels du pays, passagers comme nous, s'embarquèrent dans la chaloupe. Cinq minutes après, ils sautaient sur le rivage et entraient tranquillement dans la ville. Qui nous eût empêchés d'en faire autant? Rien; mais il était dans les règles qu'on nous fît attendre. Ne fallait-il pas briller aux yeux des étrangers, montrer qu'on avait aussi, dans les grandes occasions, des pilotes, une douane et un service sanitaire.

A neuf heures, le pilote arriva. Il vint annoncer gravement au capitaine que la côte était bien à sa place, et que la rivière avait toujours la même profondeur. Le canot qui l'avait apporté le remporta après cette importante communication, et la goélette, qui tirait quatre pieds d'eau, put franchir sans danger la passe, qui n'en a jamais moins de onze. La douane d'abord, puis la commission sanitaire parurent. L'officier qui commandait l'escouade douanière essaya bien de nous prouver que les vêtements contenus dans nos malles, en trop bon état pour être des effets à notre usage, étaient des marchandises neuves, destinées au commerce, et qu'ils devaient en conséquence payer les droits d'entrée; le médecin, à son tour, nous manifesta bien aussi l'intention de nous mettre quelque peu en quarantaine, parce que nous venions d'Europe, disait-il, et qu'on assurait que le choléra régnait en Russie; mais deux piastres, glissées à propos dans la main des deux fonctionnaires, eurent bientôt aplani toutes les difficultés, et, grâce aux épaules d'un noir vigoureux qui nous transporta l'un après l'autre, nous foulâmes enfin le sol de cet Eldorado qui a nom : la république Dominicaine.

La première personne que nous vîmes en touchant le rivage était un vieillard à cheveux blancs, de l'aspect le plus misérable. Assis sur le bord de la rivière, il avait une ligne à la main. Son air triste et souffrant, ses vêtements en lambeaux nous émurent. La joie rend l'âme compatissante; nous nous sentions si heureux d'avoir quitté la prison pour la liberté, que nous priâmes Dickson d'aller remettre une piastre de notre part à ce vieillard. Il la prit, mais il ne la porta point, nous faisant comprendre que ce serait offenser celui que nous voulions obliger, tandis que lui, Dickson, nous en serait éternellement reconnaissant.

— Ce pauvre homme est donc bien fier? demanda Anselin.

— Non, répondit le capitaine. D'un autre, il accepterait volontiers quelque argent pour s'acheter des lignes, car la piastre forte est rare, et la pêche est toute sa passion. Si vous avez jamais besoin de lui, vous êtes sûr, à quelque heure que ce soit, de le trouver là sur cette roche. Mais gardez-vous de lui rien offrir : il n'oserait recevoir un présent de la main d'un étranger : c'est le ministre de l'intérieur!

En passant la porte de la ville, je me sentis frappé assez rudement dans le côté par une crosse de fusil. Dickson m'arrêta au moment où je m'élançais sur la sentinelle. — Ne lui en voulez pas, me dit-il. Il vous présentait les armes. Nous passions trois de front : il n'a pas eu de place pour exécuter son mouvement, c'est pour cela qu'il vous a cogné. Recommence, imbécile, lui cria Dickson.

Le soldat recommença une contorsion, pendant laquelle il n'eût pas été prudent de se trouver près de lui. Il termina en tenant son fusil par le canon, la crosse en avant, à trois pieds de hauteur. Cela veut dire : Prends mon arme, elle est à toi, tu es mon supérieur. Cela peut être très-galant, mais j'eus soin à l'avenir, toutes les fois que j'accompagnais une personne que sa dignité exposait aux honneurs militaires, de m'arranger de manière à la placer entre moi et le guerrier qui la saluait. Je m'en suis toujours bien trouvé.

Cependant nous étions entrés dans la ville. Nous cheminions dans une rue que je ne saurais mieux comparer qu'à un vaste escalier dont les marches auraient deux pieds de haut sur cinq ou six de large; c'est la rue du Port, calle del Porto. De chaque côté s'élèvent de vastes constructions, d'immenses palais dont il ne reste plus que des murs à demi écroulés. Ces ruines laissent voir encore, sous la luxuriante végétation qui les recouvre, d'élégantes sculptures et de riches colonnes de marbre. Je ne connais rien de triste et de touchant à la fois comme ces débris d'une splendeur tombée. Nous serions restés à contempler ces demeures autrefois royales, incapables aujourd'hui d'offrir un abri au plus humble voyageur ; mais la chaleur était intolérable. Le soleil dardait d'aplomb ses rayons sur nos têtes, le sol brûlait nos pieds ; force nous fut de gagner promptement un gîte. Nous avions demandé à Dickson s'il n'y avait pas dans le voisinage un hôtel ou une maison meublée.

— Un hôtel? Oui, nous répondit-il; quant à des maisons meublées, il y en a deux dans la ville : celle de M. Cohen et celle de don Juan Avril.

Dickson entendait par maison meublée une maison où il y a des meubles.

A l'extrémité de la rue du Port, nous nous trouvâmes sur une place, ou, pour mieux dire, sur une pelouse bornée d'un côté par quelques maisons. L'une d'elles se distinguait des autres par sa façade, toute nouvellement peinte de belles couleurs rose et jaune, et un air de propreté rélative. C'était l'hôtel du Commerce, le seul que possède la capitale de la république Dominicaine. Trompeur comme une enseigne, dit le proverbe. Le fait est que l'intérieur ne répondait pas à la façade. Deux grandes salles, jadis blanchies à la chaux, formaient les appartements. Dans l'une, un billard, quelques tables et quelques chaises. Dans l'autre, une douzaine de lits ornés d'une moustiquaire ; ornés est le vrai mot, car ces rideaux en lambeaux ne pouvaient avoir la prétention de défendre contre les cousins et les insectes. C'est cependant la jouissance d'un de ces grabats que l'on paie deux piastres par jour.

Lorsque nous entrâmes dans la première pièce, deux ou trois matelots et une douzaine de gentilshommes dominicains faisaient cercle autour de deux coqs qui s'escrimaient l'un contre l'autre. Telle était l'attention des spectateurs, que personne ne jeta les yeux sur nous ; mais quand nous sortîmes du dortoir, le combat venait de finir. Les champions du volatil vaincu, espérant sans doute échapper ainsi au payement de leurs paris, s'empressèrent autour de nous, ils nous donnèrent force poignées de main. Ils firent venir du vin de Champagne et voulurent absolument que nous en prissions un verre avec eux. Trois ou quatre d'entre eux, qui habitaient la ville, mirent leurs maisons à notre disposition. Déjà nous ne savions comment nous dérober à un empressement qui nous semblait exagéré, lorsqu'un jeune homme s'élança tout essoufflé vers nous. C'était le chancelier du consulat de France, M. de Terny.

— Messieurs, nous dit-il, pardonnez-moi de n'être pas accouru plus tôt au-devant de vous. Je viens seulement d'apprendre votre arrivée. Vous ne pouvez descendre dans cet hôtel. Je n'ai qu'une bien modeste hospitalité à vous offrir ; j'espère cependant que vous me ferez la grâce de l'accepter, jusqu'à ce que vous soyez installés.

Sans nous faire prier, nous suivîmes M. de Terny. Cinq minutes après, nous étions établis chez lui. Nous avions oublié, en quittant l'hôtel, de solder le prix du vin de Champagne qu'on nous avait offert : l'hôtelier nous mit à même de réparer cette

inconvenance, en nous envoyant sa note quelques jours après.

Le chancelier habitait une petite maison, ou, pour mieux dire, une petite chaumière à l'extrémité de la ville, sur le bord de la mer. Le sol battu pour plancher, le toit pour plafond, l'intérieur partagé en quatre pièces par des cloisons de bambous, tel était l'ensemble de l'habitation. Mais la brise de mer y apportait une si douce fraîcheur, un enclos planté de lauriers-roses, de grenadiers, de bananiers et de jasmins à fleurs rouges offrait une ombre si agréable ; tout, dans ce petit réduit, avait un si bon air d'ordre et de propreté, qu'on s'y sentait immédiatement à l'aise.

— Voilà mon palais, nous dit en souriant M. de Terny. Il m'a fallu trois ans pour le faire ce qu'il est; mais, quand vous aurez visité la ville, vous verrez que j'ai lieu d'en être fier. Les seules persiennes de mes fenêtres m'ont coûté dix-huit mois de persévérance et d'efforts; sans un ouvrier, venu par hasard des États-Unis, elles ne seraient pas encore en place. Au bout de ce petit enclos, j'ai un champ dans lequel je sème moi-même du maïs et de l'herbe de Guinée. J'ai ainsi pour rien la nourriture de deux chevaux. S'il fallait l'acheter, elle me coûterait, pour un cheval, au moins deux piastres par jour, et souvent le pauvre animal serait réduit à jeûner. J'ai enfin un puits, ce qui est inappréciable dans un pays où l'on n'a d'autre eau que celle du ciel, et où il se passe souvent six mois sans qu'il pleuve. Mon puits me donne de l'eau à discrétion pour le service de la maison et le jardinage ; mais, ajouta M. de Terny, j'oubliais que je parle à des Européens, qui ne savent encore le prix des biens que je leur vante, et qui doivent mourir de faim. Pendant que j'allais à votre rencontre, on vous a improvisé un déjeuner : mettons-nous à table. Le régime auquel Dickson soumet les passagers vous aura donné de l'appétit, et l'appétit rend indulgent. Nous causerons en déjeunant. Le consul est à sa maison de campagne, située à une lieue et demie de la ville ; nous irons lui faire une visite quand le soleil sera tombé. Je vous promets un beau clair de lune pour la route.

La table, dressée dans un des quatre compartiments de l'intérieur, offrait un coup d'œil rassurant pour des estomacs affamés. Des melons, un beau poisson, plusieurs oiseaux rôtis, un large rosbif, une multitude de fruits et de fleurs, sans compter de vieilles bouteilles à la mine respectable, nous mirent de suite en belle humeur.

— Il paraît qu'on se nourrit bien à Santo-Domingo? demandâmes-nous à notre hôte. — Ne vous y fiez pas trop, nous répondit-il en riant. Il faut beaucoup de patience et d'industrie pour composer un repas, quelque modeste qu'il soit. Ainsi, ces oiseaux sont de ma chasse; les volailles viennent de ma basse-cour, les fruits et les légumes de mon jardin. Il faut être très-lié avec le boucher pour qu'il consente à vous mettre de côté un morceau de viande ; autrement il faut guetter le moment où il lui plaît de paraître à son échoppe, et attendre patiemment qu'il soit arrivé, en distribuant sa marchandise, au morceau que vous convoitez. Il sait très-bien répondre à ceux qui ne sont pas contents, que l'on a plus besoin de lui que lui n'a besoin de ses pratiques, ce qui est malheureusement vrai.

Le service était fait par un vieux noir, il découpait et nous servait avec une dextérité merveilleuse.

— Comment trouvez-vous mon groom? nous demanda M. de Terny.

— Mais très-actif et très-adroit, repartit chacun de nous. L'objet de cette remarque flatteuse nous fit une belle révérence.

— Mam'zelle Emilie, s'écria notre hôte, allez donc dans le jardin nous cueillir quelques cocos. — Vous voyez bien ce garçon-là, continua le chancelier quand le domestique se fut éloigné, c'est un vrai trésor. Il fait la cuisine, raccommode mon linge, panse mon cheval, nettoie le jardin; bref, à lui seul, il fait plus d'ouvrage que dix Dominicains ensemble; mais je dois vous prévenir que, malgré son costume et son air masculins, mon groom appartient à la plus belle moitié du genre humain, et ne permet pas qu'on l'appelle autrement que mam'zelle Emilie. C'est une vieille négresse de la Martinique, arrivée ici je ne sais trop comment, et qui, depuis quinze ans, est restée au service de tous les chanceliers qui se sont succédé dans le pays. On a bien souvent tenté de nous l'enlever, elle n'a jamais voulu servir d'autres maîtres que ceux qui appartiennent au consulat de France.

En ce moment, mam'zelle Emilie rentra.

— Monsieur, s'écria-t-elle, voilà encore Mazières !

— Eh bien, laisse-le venir ; il amusera ces messieurs.

— Vous allez voir un type curieux, nous dit le chancelier. C'est le premier marin de la république, car on ne compte guère comme tel le grand amiral, ancien cuisinier à bord d'un navire génois qui a fait naufrage à Santo-Domingo, il y a quelques années, et qui depuis n'est jamais remonté sur un bâtiment. Mazières est dans le même cas ; seulement, il était second à bord d'un navire français, et il sait assez bien son métier de capitaine au long cours. Il y a de cela cinq ou six ans, la république recrutait partout des hommes capables ; à ce titre Mazières fut enrôlé et retenu ici avec le grade de capitaine de vaisseau et cent piastres de traitement par mois. Il s'est laissé séduire par de belles promesses et s'est engagé pour dix ans. Malheureusement, le contrat qu'il passa avec le gouvernement ne précisait pas que son traitement serait compté en piastres fortes, et quand, à la fin du premier mois, Mazières arriva pour toucher ses 100 piastres, soit environ 520 fr., il pensa mourir de surprise et de colère : on lui comptait 100 piastres dominicaines en papier, c'est-à-dire une dizaine de francs ! Depuis lors, ce malheureux, qu'on berne de toutes les façons, attend qu'on lui alloue un traitement qui lui permette de vivre. Sans les navires qui fréquentent cette rade et qui doivent être visités par des experts avant de reprendre leur chargement, il y a longtemps qu'il serait mort de faim. Chaque expertise lui rapporte une vingtaine de francs. Quand il y a quelque temps qu'il n'est venu de navires à Santo-Domingo, Mazières jeûne et s'ingénie à attraper, tantôt chez l'un, tantôt chez l'autre, quelques reliefs de table. Il vient souvent me visiter dans ses jours de détresse et je le récon-

forte de mon mieux, au grand désespoir de mam'zelle Emilie, dont la rigide économie s'irrite de l'appétit du pauvre affamé. En échange, Mazières a toujours à conter deux ou trois histoires assez drôles à entendre la première fois.

Le chancelier achevait ces paroles quand un colosse de six pieds de haut, gros comme un muid, parut à la porte, laissant errer sur sa bonne, grosse et placide figure un sourire craintif, à la vue des étrangers.

— Entrez donc, Mazières, lui dit M. de Terny.

— Pardon, monsieur, je vois que vous n'êtes pas seul.

— Entrez, vous dis-je. Ces messieurs sont les officiers français que nous attendions, et je vais vous présenter à eux.

Mazières avança de trois pas, s'appuya sur sa jambe gauche, frappa le sol du pied droit, et porta le revers de sa main à son front. Nous nous levâmes pour répondre à un salut aussi correct, mam'zelle Emilie apporta un siége en grommelant un peu, et nous nous remîmes à table.

— Vous allez déjeuner avec nous, Mazières ? dit M. de Terny.

— Merci de votre bonté, monsieur le chancelier, j'ai déjeuné, dit-il ; mais un gros soupir et un regard de convoitise montrèrent combien ce mensonge lui coûtait. Je venais seulement pour vous dire que j'ai été faire l'expertise de la Jeune-Elisa...

— Bien ! bien ! nous causerons de cela plus tard. Voyons, mettez-vous là, et quoique vous ayez déjà déjeuné, que votre estomac nous tienne compagnie.

La tentation était trop forte ; la faim l'emporta sur le respect humain. Un quart d'heure après, Mazières avait dévoré deux livres de pain, un énorme morceau de bœuf rôti, un pigeon, sans compter quatre ou cinq tranches de melon et une demi-douzaine de bananes.

— Mazières, voulez-vous une sardine? demanda M. de Terny.

Au mot de sardine, la figure du marin prit une sombre expression.

— Ah ! c'est juste, j'oubliais qu'entre les sardines et vous, c'est une brouille à mort, reprit le chancelier. Figurez-vous, messieurs, ajouta-t-il en nous faisant un signe des yeux, que Mazières que voilà, à qui l'on donnerait le bon Dieu sans confession, a été arrêté par les autorités dominicaines en flagrant délit de contrebande ; il voulait introduire frauduleusement dans la ville une cargaison de sardines.

— Ah ! monsieur le chancelier, pouvez-vous dire une chose pareille ! répartit douloureusement le colosse en rougissant jusqu'au bout des oreilles. Tenez, messieurs, je vous en fais juge. Il faut que vous le sachiez : ici, les fonctionnaires sont négociants et font la contrebande, notre amiral tout le premier, et plus encore que les autres. Or, un jour, voyant que le gouvernement dominicain persistait à me donner dix francs par mois pour tout traitement, j'ai voulu à mon tour essayer de faire un peu de commerce. J'avais loué une petite boutique sur le port ; je donnais à boire et à manger aux matelots. Mon petit établissement commençait à prospérer, lorsqu'un jour, après une expertise que j'avais été faire à bord d'un navire français, l'*Alexandre*, le capitaine Tallibard, un de mes amis, me retint à déjeuner. Comme j'avais trouvé ses sardines excellentes, il m'en donna une douzaine de boîtes que j'emportai avec moi en le quittant. Eh bien ! messieurs, à la porte de la ville, on a eu l'infamie de me fouiller et de m'arrêter, moi, un colonel de marine, et de me conduire en prison, comme coupable de contrebande. Il m'a fallu payer une énorme amende de huit piastres fortes. Depuis ce temps, voyez-vous, je ne puis plus voir une boîte de sardines.

— C'est là ce qui vous a fait quitter le commerce ? demandai-je à ce négociant déchu.

— Non, monsieur, me répondit-il, c'est ce brigand de Fagal. Ce Fagal était un sacripant qui, après avoir été négrier et pirate, était venu s'échouer ici avec quatre ou cinq bandits de son espèce. Ce monstre-là faisait une telle peur à tout le monde, qu'on le nomma bien vite commandant de la flotte. Tous les jours, depuis que j'étais établi, il venait s'installer dans ma boutique, d'où il ne sortait que lorsqu'il ne pouvait plus se tenir, sauf votre respect, et sans que j'aie jamais vu une seule fois la couleur de son argent. Enfin, je prenais patience, espérant que cela finirait bientôt, car on parlait de l'envoyer faire une expédition contre les Haïtiens pour se débarrasser de lui. Je commandais alors le *Libertador*, le meilleur navire de la république Dominicaine.

Voilà que deux ou trois jours après mon affaire de sardines, je reçois l'ordre d'aller croiser avec mon bâtiment du côté d'Azua, où l'on avait aperçu quelques navires de Soulouque. Je fais donc mes préparatifs de voyage, et je fais embarquer une provision de rhum, d'eau-de-vie et d'absinthe, que je comptais revendre avec un petit bénéfice à Azua. Hélas ! au moment où mon canot accostait, Fagal arrivait de son côté. Le gouvernement venait de décider qu'au lieu d'un navire on en enverrait deux, et que ce scélérat-là aurait le commandement en chef de l'expédition.

Quand j'arrivai avec mes provisions sur le *Libertador*, le brigand y était installé depuis une heure ; déjà il avait tué un fidèle matelot qui avait voulu l'empêcher de s'emparer de ma cabine ; il la garda tout le temps de la croisière, s'inquiétant peu, le sans-cœur, que j'eusse seulement un coin où dormir.

— Qu'est-ce que c'est que ça, Mazières ? me cria-t-il de sa grosse voix lorsqu'il aperçut les paniers qui renfermaient mes bouteilles.

— Commandant, lui répondis-je en le saluant, ce sont de petites provisions que j'ai fait embarquer pour le voyage, et que...

— Fais porter cela dans ma chambre.

— Mais, commandant, lui dis-je...

— Fais porter cela dans ma chambre, reprit-il avec un juron épouvantable et en mettant la main sur son sabre.

Il fallut bien obéir. Croiriez-vous, messieurs, qu'il a eu l'infamie de boire toutes mes liqueurs sans m'en offrir même un petit verre ? Je crus prudent de ne lui rien dire à bord, car il était homme à me faire fusiller pour s'acquitter envers moi ; mais, de retour à Santo-Domingo, je lui demandai si c'était

lui ou le gouvernement qui me payerait les provisions qu'il avait consommées.

— C'est moi, répondit-il effrontément, apporte-moi ta note.

Depuis notre retour il s'était installé dans une petite maison de campagne, à une lieue de la ville ; cette *estancia* appartenait à un négociant qui, n'osant le faire déloger de chez lui, avait pris le parti de lui céder la place. Vous pensez bien que je me gardai de l'aller trouver dans son repaire ; j'attendis qu'il vînt se griser dans ma boutique, ce qui ne tarda pas, et je lui présentai sa note, qui s'élevait à plus de deux cents piastres fortes.

— C'est bien, me dit-il, tu seras payé demain.

Je ne pouvais en croire mes oreilles ; mais je sus bientôt de quelle manière le scélérat entendait me payer. En sortant, il me dit : — Mazières, tu viendras demain matin déjeuner avec moi, et je te réglerai ton compte. Tu auras soin de ne pas oublier ton sabre.

— Merci, commandant, lui répondis-je, je ne déjeune pas d'aussi bonne heure que vous.

Ce dernier trait ne lui a pas porté bonheur, car il est mort assassiné à quelques jours de là. Avec des pratiques semblables, je n'avais qu'à fermer boutique, et c'est ce que j'ai fait. S'il y avait des expertises deux ou trois fois la semaine, je ne me plaindrais pas, ajouta mélancoliquement Mazières ; mais elles deviennent de plus en plus rares. Je crois que si je trouvais un embarquement pour rentrer en France, je quitterais mes épaulettes de capitaine de vaisseau ; une place de second à bord d'un navire de commerce français est chose moins trompeuse que tous les grades de la république Dominicaine.

III

Respect aux morts.—D'un sabre moral, et de son influence sur les mœurs dominicaines. — Patriotisme et fièvre jaune. — Industrie chaudement encouragée.— Un caporal qui a de l'avancement.— Ambassadeur perdu et repêché barrière de l'École. — Épicerie et diplomatie. — La fashion. — Les crabes sauveurs, pour faire suite aux oies du Capitole.

Vers quatre heures, la chaleur étant moins forte, nous nous mîmes en route pour aller rendre visite au consul. En sortant de chez M. de Terny, nous nous trouvâmes sur une grande place carrée. Au milieu, s'élevait un assez beau palmier entouré d'une balustrade. C'est là l'autel de la liberté, c'est là que se lisent les proclamations et tous les actes officiels du gouvernement. En face, se trouve un vaste bâtiment dont il ne reste d'intact que la façade : c'est le palais du Congrès national ; à droite, une église de style byzantin en assez bon état ; à gauche, quelques maisons dont deux consulats ; derrière, une caserne délabrée et sans toit, puis une longue rue allant jusqu'aux fortifications et qu'on nomme la rue du Comte. C'est la plus belle partie de la ville. En sortant des murs, on se trouve sur une route presque carrossable pendant une demi-lieue.

On aperçoit d'un côté le cimetière, quelques tombes encore debout sur lesquelles sont rangés, en guise d'ornement, les ossements qu'on trouve à chaque pas; de l'autre, sur la hauteur, le petit village de San-Carlos, dont les huttes regardent la mer. C'est là que deux fois par semaine les jeunes filles de la ville viennent se baigner, tandis qu'un guerrier dominicain se promène, le sabre nu, à l'entrée du chemin.

Je me rappelle avoir vu là pendant cinq jours, sur la route, à un quart de lieue de la ville, le cadavre d'un homme assassiné, sans que l'autorité s'occupât le moins du monde de rechercher le meurtrier; il fallut les réclamations du consul pour faire enlever le corps, qui serait sans doute resté là indéfiniment.

Je ne sais pourquoi je ne puis jamais me rappeler le garde veillant aux abords du bain de ces demoiselles, sans me souvenir en même temps des séductions auxquelles je fus en butte à peine arrivé à Santo-Domingo. Plus heureux que Joseph, j'ai pu leur échapper sans perdre mon manteau.

C'était un matin : nous étions encore chez M. de Terny; nous venions de finir de déjeuner, lorsqu'un homme d'une quarantaine d'années, parlant purement le français, entra et me demanda.

— Te voilà déjà, Buen-Rostro? dit en riant M. de Terny.

— Oui, monsieur le chancelier, j'ai à parler confidentiellement à monsieur, ajouta-t-il en me désignant.

L'individu m'emmena alors dans le jardin.

— Monsieur, me dit-il mystérieusement, vous êtes passé plusieurs fois sous les fenêtres d'une jeune fille de ma connaissance. Vous avez produit une vive impression sur elle; je viens vous demander de sa part si vous voulez lui faire l'honneur de lui rendre une visite.

— Si c'est tout ce que vous me vouliez, vous pouviez vous épargner votre course, dis-je au singulier personnage.

— Monsieur, ajouta-t-il, croyez bien que c'est une jeune personne très comme il faut; autrement je ne me serais pas chargé de sa commission. C'est une demoiselle d'une des premières familles de la ville. Elle s'appelle doña Antonia de***. Demandez à M. de Terny, qui la connaît, si je vous trompe. Je reviendrai tantôt me mettre à votre disposition.

Dès que ce drôle fut parti, je racontai à notre hôte ce qui venait de m'arriver.

— Cela est très-vrai, me dit-il, cette jeune personne appartient à une très-bonne famille du pays; elle est de plus très-jolie.

— Comment! m'écriai-je, c'est ainsi que cela se pratique ici. Mais alors ce serait Clarisse qui enlèverait Lovelace?

— Absolument; seulement il faut tout vous dire : c'est aujourd'hui la veille de la Saint-Jacques. Il y a demain une grande procession. La jeune Antonia a peut-être envie de quelque ruban pour compléter sa toilette, et elle espère sans doute que vous serez assez galant pour le lui offrir. Moyennant un petit cadeau dont le prix ne dépassera certainement pas deux piastres, sa reconnaissance n'aura pas de bornes.

Quand Buen-Rostro revint le soir, je le chargeai

de remettre une pièce de vingt francs à cette aimable personne. Elle me la renvoya fièrement en me faisant dire qu'elle ne voulait la recevoir que de mes mains. Je n'osai la lui porter moi-même, et je n'ai jamais vu la sensible beauté sur laquelle j'avais produit une si vive impression.

Combien j'ai vu, dans la suite, de ces jeunes filles de noble maison venir elles-mêmes ou m'envoyer demander une ou deux piastres!

Je m'imaginais naïvement, dans les premiers temps, que c'était la misère et le manque de travail qui poussaient ces pauvres femmes, et j'avais la simplicité de leur offrir quelque travail, du linge à laver ou des vêtements à raccommoder; mais chaque fois j'obtenais seulement pour réponse :

— *Yo soy una doña de mi casa, yo no soy etcha para travajar*. Je suis une fille noble, et je ne suis pas faite pour travailler.

Telles sont les femmes, sur lesquelles on veille le sabre nu quand elles vont se baigner !

A quelque distance de ces dames se trouvait la maison de campagne du consul de France, M. Lagorce. C'était un petit chalet en bois apporté tout fait d'Amérique, et qui avait cependant coûté des sommes fabuleuses; il avait fallu le faire monter par les Dominicains.

C'est une bonne précaution pour les Européens de demeurer ainsi un peu loin de la ville.

Santo-Domingo, bâtie à l'angle formé par la rivière Ozama et la mer, est un séjour à peu près mortel pour les étrangers. Matin et soir, la rivière distille la fièvre sous forme de brouillard. Dans la saison des pluies, on la respire avec les miasmes délétères qu'exhalent les innombrables détritus des maisons en ruine, sous l'influence d'un soleil qui fait durcir les œufs entre huit heures du matin et quatre heures du soir. Quant vient la sécheresse, on boit la maladie avec l'eau stagnante qui croupit des mois entiers dans les citernes, qui ne sont jamais nettoyées.

Sous cette température dévorante, la moindre indisposition tourne bien vite en fièvre jaune. Il n'y a donc rien de surprenant si, sur dix Européens qui arrivent, neuf meurent après quelques mois de séjour. Les naturels du pays ne s'en plaignent pas, au contraire. Quelques travaux sur le bord de la rivière l'assainiraient; un peu de propreté dans la ville la débarrasserait de ses foyers permanents de maladie. A moins d'une lieue coulent des rivières dont on amènerait l'eau sans grand travail; mais, une fois ces prodiges accomplis, rien n'empêcherait les étrangers de venir s'établir dans cette contrée, si fertile et si admirable d'ailleurs. Or, il faut avoir entendu un Dominicain prononcer le mot « étranger, » *estranjero*, la rauque et féroce manière dont il aspire la *jota* espagnole, pour comprendre tout ce que son cœur renferme de haine pour ces individus détestés qui osent tenter d'introduire quelques progrès, quelque industrie dans le pays.

Pendant mon séjour à Santo-Domingo, un Français essaya d'y établir une distillerie pour fabriquer du rhum, un Américain monta une scierie mécanique pour faire des planches. La raffinerie et la scierie, au bout de six semaines, commençaient à marcher et donner d'assez beaux bénéfices à leurs propriétaires. Les Dominicains s'en indignaient et se scandalisaient de voir des étrangers en passe de faire fortune chez eux.

— Patience! leur dit un des principaux personnages de l'État; patience! la fièvre jaune nous débarrassera, tôt ou tard, de ces hôtes importuns.

Ils n'attendirent pas longtemps pour le pauvre raffineur, qui fut enlevé en vingt-quatre heures. Le mécanicien Yankee paraissait devoir résister plus longtemps; aussi, une belle nuit, le feu prit-il à son établissement. Les juges étaient trop patriotes pour chagriner les incendiaires, qui se vantaient partout de leur exploit; et la république fut ainsi délivrée du péril que lui faisait courir un établissement qui en aurait peut-être appelé d'autres.

Mais je reviens à notre visite chez le consul.

Il y avait assez grande réunion chez M. Lagorce, et nous nous trouvâmes du même coup faire la connaissance de deux ministres, celui de la guerre et des affaires étrangères, et celui des finances. Le premier s'appelait Pelletier. C'était un singulier personnage que ce guerrier diplomate. Jadis caporal dans un régiment d'infanterie de marine en garnison à la Guadeloupe, il déserta un beau matin, je ne sais pour quel motif, et vint tenter fortune à Santo-Domingo. Il était brave, aussi fit-il un chemin rapide. En peu de temps il devint lieutenant général. Son origine française le fit choisir un jour par M. Baëz, comme secrétaire d'État au département des affaires étrangères et de la guerre. C'était la forte tête du cabinet.

Un jour la république poussa un peu loin ses espiégleries d'enfant gâté, et laissa jeter des pierres sur les officiers d'un vapeur français; le gouvernement dominicain craignit que la France, sur le rapport de son consul, ne prît pas très-bien cette aimable plaisanterie; il se décida à envoyer à Paris un ambassadeur extraordinaire pour expliquer les choses. Ce fut le général Pelletier qui fut choisi à l'unanimité pour mener à bien cette délicate mission.

Notre ministre des affaires étrangères, prévenu de l'arrivée de cet envoyé, attendait vainement qu'il se présentât. A force de recherches, on finit par le découvrir. L'ancien sous-officier s'était oublié dans les délices de Capoue; et quand on le retrouva, ce n'était pas dans le sentier des mœurs et de la vertu. Il s'oublia même si bien dans les voluptés de Babylone, que son gouvernement, n'entendant plus parler de lui, prit le parti de le remplacer. Aussi, lorsque non rassasié de plaisirs, mais à court d'argent, l'ambassadeur-ministre vint reprendre son portefeuille, il trouva installé à sa place un apothicaire qui avait assez mal fait ses affaires pour préférer la diplomatie et la guerre à son laboratoire. Mais ceci se passa après notre départ de Santo-Domingo, et, pendant que nous y sommes restés, nous avons eu la gloire d'exécuter les ordres que M. Pelletier nous transmettait par l'intermédiaire de ses subordonnés.

Le sieur Labastide, qui se trouvait avec lui ce soir-là chez le consul, était le ministre des finances et de la justice. Il joignait à son portefeuille un fonds de commerce assez achalandé, où l'on trouvait, au prix le plus élevé possible, du vin et de la pharmacie, de l'ail et de la parfumerie, des gants et des souliers, des chapeaux et des parapluies. Les médisants prétendaient que la plus belle partie de sa fortune venait de l'achat de deux navires fait aux États-Unis pour le compte du gouvernement dominicain. Mais cela m'a toujours paru une calomnie. Si c'eût été la vérité, M. Labastide ne l'aurait pas caché, et ceux qui y auraient trouvé à redire ne l'auraient fait que par pure jalousie.

Ces messieurs daignèrent être fort aimables dans cette occasion, et nous nous séparâmes les meilleurs amis du monde; il fut convenu que, dès le lendemain, le consul nous présenterait au président.

Parmi les personnes de distinction qui se trouvaient encore là, M. de Terny nous montra le président de la cour de cassation, un grand individu qui aurait paru mieux placé à la tête d'une bande de brigands que dans une assemblée de juges. A côté de lui se tenait le président du congrès, un grand et mince mulâtre, le plus dangereux séducteur de la république. A le voir se dandiner, prendre des attitudes penchées et nonchalantes, il semblait une couleuvre dressée sur sa queue.

Notre arrivée avait attiré toute une brillante assemblée; il y avait là des généraux en grand uniforme et en pantalon à carreaux, des messieurs en habit noir et cravate blanche avec des bottes à l'écuyère. Deux ou trois personnages beaucoup mieux mis que les autres, et qui excitaient l'admiration et l'envie de leurs compatriotes, portaient, malgré une température de trente degrés, des gilets de peluche croisés et des gants de peau de daim. Ces élégants avaient passé autrefois quelques mois en France pendant l'hiver. Depuis ce temps, ils avaient introduit à Santo-Domingo la mode des étoffes les plus chaudes et des vêtements ouatés.

Les présentations, les compliments durèrent si longtemps, qu'il était très-tard quand nous pensâmes à retourner à la ville. Si dans les Antilles le jour était comme la nuit, quel délicieux pays ce serait! Je me rappellerai toujours cette première soirée que j'ai passée à terre, et notre retour à Santo-Domingo le soir. Il faisait clair comme en plein jour, l'air était embaumé des parfums qu'exhalaient les arbres et les fleurs; mille insectes lumineux montaient, descendaient et se croisaient autour de nous. Les grillons chantaient, la brise faisait vibrer les longues feuilles des cocotiers et des palmiers. C'était une harmonie que troublait seul le tapage nocturne des crabes de terre. Il y eut même un instant où le bruit devint si intense, que je m'arrêtai pour écouter et me rendre compte de ce singulier phénomène. On aurait cru entendre la grêle tombant sur les vitres. « C'est bien autre chose quand le temps est à l'orage, nous dit M. de Terny, c'est alors un bruit assourdissant. On raconte même que, lors de l'expédition du général Leclerc, les Anglais débarquèrent une nuit ici tout près; ils entendirent un tel vacarme, qu'ils se rembarquèrent immédiatement, se croyant surpris par l'armée française. C'étaient simplement les crabes qui prenaient leurs ébats. »

IV

De la clarinette et de son influence sur la civilisation. — Réception solennelle. — Simplicité antique. — Un condamné

n serre chaude. — Gloire et boutique. — Un bénéfice net.
— Clémence. — Une bouteille de vin aux frais de la république. — Des clubs dansants.

Nous rentrâmes dans la ville par la brèche, comme
des gens qui ont conquis leur droit de cité. On entendait au loin un vague son d'instruments.

— C'est juste, nous dit notre hôte, c'est aujour-
d'hui jeudi, nous avons musique sur la place. Voulez-vous l'entendre? Si vous aimez la clarinette, je
vous promets du plaisir.

Quelques minutes après, nous étions devant la
caserne où se donnait le concert. Il y avait là une
trentaine de musiciens qui s'escrimaient de leur
mieux contre des airs de danse dans lesquels je
crois avoir reconnu la polka nationale et la valse de
Rosita. Du reste, la plupart des artistes n'y mettaient pas d'amour-propre, sachant que leur rôle
consiste simplement à accompagner le joueur de
clarinette et à faire force tapage pendant que celui-
ci reprend haleine. Les couacs les plus discordants
provoquent parmi les auditeurs un enthousiasme qui
va jusqu'au délire.

Un jour que l'amiral Duquesne dînait au consulat, il fit venir sa musique. Les dilettantes de Santo-
Domingo s'empressèrent de venir l'entendre, avec
l'intention bien arrêtée de la trouver inférieure à
celle de la république.

Ils n'eurent pas besoin de mentir à leur conscience, et ce fut avec un sentiment de dédain très-
réel qu'ils parlèrent de cet orchestre, où les sons
de la clarinette se confondaient avec ceux des autres instruments.

J'ai entendu quelquefois chanter de jeunes Dominicaines. Celles qui obtenaient le plus de succès
s'étaient donné, à force de travail et de peine, une
voix dont le son et l'éclat auraient humilié un ca-
nard.

Ce soir-là, par malheur, à ce que nous dirent du
moins les assistants, nous étions arrivés trop tard, et
nous perdîmes la plus belle partie du concert. Nous
en fûmes bien dédommagés le lendemain, lors de
notre visite au président. La musique, je veux dire
la clarinette, se fit entendre tout le temps que dura
l'entrevue.

Il était midi lorsqu'un aide de camp vint nous annoncer que Son Excellence nous attendait au palais
du gouvernement.

Les ministres et M. Santana s'étaient réunis, dès
le matin, pour décider si l'on nous recevrait. Le
général avait grande envie de nous renvoyer immédiatement en France. C'était M. Baëz qui nous avait
fait venir, et M. Baëz, étant un traître, ne pouvait
avoir eu cette idée que dans un but perfide. La discussion avait été longue, mais à la fin, tout le
monde s'était rallié à l'opinion de M. Labastide. Cet
habile homme avait, en effet, démontré qu'au lieu
de nous renvoyer brutalement, ce qui aurait l'incon-
vénient de blesser le gouvernement français dont
on avait besoin, et de nous abandonner une année
de traitement, aux termes du contrat passé avec
nous, il était bien préférable de nous obliger à nous
en aller de nous-mêmes à force de dégoût et d'ennui.

Dès qu'il fut décidé qu'on nous recevrait, on voulut cependant le faire avec la pompe désirable. Tous
les militaires qui avaient un peu d'uniforme furent

convoqués; tous les ministres allèrent revêtir leurs
plus beaux atours, et ce fut entre deux haies d'officiers de tous grades et de tous costumes que nous
montâmes le grand escalier et arrivâmes jusqu'à la
salle de réception.

C'était une vaste pièce dans laquelle le sol, en brique grossière, les murs blanchis à la chaux, les
poutres saillantes du profond, les croisées ornées
d'une moitié de rideaux de calicot rouge, affi-
chaient au premier abord une simplicité républi-
caine.

Mais en se retournant vers le fond, on apercevait bien vite une estrade, haute de cinq à six
pieds, sur laquelle resplendissaient trois fauteuils
en bois doré et en velours rouge. Cette magnificence faisait encore ressortir la pauvreté des autres
siéges, modestes chaises en paille ou en rotin, grou-
pées autour d'un canapé en crin noir rembourré de
poussière et de toiles d'araignées.

C'était sur ce trône pompeux que le président
Santana, flanqué des sieurs Pelletier et Labastide,
nous attendait. Il était complétement vêtu de noir,
et rien ne le distinguait des autres hommes qu'une
écharpe aux couleurs nationales et un bonnet de
soie noire sur la tête. M. Pelletier était également
en noir, il avait même une cravate de satin dont les
pointes, brodées à jour, retombaient avec grâce sur
sa chemise.

M. Labastide se drapait dans un paletot-sac couleur café au lait. Un pantalon de coutil blanc un
peu frangé par le bas, et un col bleu de ciel qui
ne dédaignait pas à certaines places les couleurs du
couchant, rehaussaient ce que sa mise aurait pu
avoir de négligé.

Quant à notre ancienne connaissance le pêcheur
à la ligne, il paraît que l'état de sa garde-robe ne
lui avait pas permis de se joindre à ses collègues
dans cette circonstance solennelle. Il ne parut pas à
la cérémonie.

Le président daigna se lever à notre arrivée et
descendre au-devant du consul, qui nous présenta
successivement à Son Excellence. Chacun de nous
fut honoré d'une vigoureuse poignée de main.
Nous ne savions pas encore que cette marque d'a-
mitié se donne à tout le monde à Santo-Domingo.
Il a même fallu un certain temps pour nous habituer à voir les hauts fonctionnaires qui venaient
nous rendre visite ne jamais nous tendre la main
qu'après avoir pressé celle de notre domestique,
le brave Pêcheur, qui n'en était pas plus fier pour
cela.

Les présentations terminées, le président et le
consul s'assirent sur le canapé. Nous prîmes place
en face, et la conversation s'engagea. Santana nous
fit compliment sur notre bonne mine et nos couleurs
roses.

Je considérais attentivement pendant ce temps
cet homme, et je dois avouer que l'examen ne lui
était pas favorable.

Le général Santana était alors un individu d'une
cinquantaine d'années. Son teint vert-olive, ses
petits yeux gris sous ses paupières bridées, son
nez gros et écrasé, sa bouche tortillée et ses lèvres
minces lui donnaient une des plus désagréables
figures qu'il soit possible de voir. C'était dans l'expression un mélange d'orgueil, de bassesse et de

férocité qu'on retrouve dans les actes de cet ancien hattier (conducteur de bestiaux, bouvier), devenu le premier personnage de son pays, qui tremble d'être renversé du pouvoir, et qui sacrifie sans pitié tous ceux qui lui portent ombrage. •

On a fait un crime à Soulouque d'avoir fusillé les mulâtres qui complotaient pour le détrôner. Santana, auquel on n'a jamais adressé de reproches à cet égard, ne s'en est cependant guère privé dans l'occasion.

J'ai vu condamner à mort un enfant de douze ans accusé de conspiration, et la sentence portait qu'il resterait en prison jusqu'à ce qu'il eût atteint l'âge légal pour être fusillé. Ce qui distingue surtout ce président, c'est une avarice poussée jusqu'à des limites incroyables. Jamais il n'a laissé passer une occasion de se faire donner, à titre de récompense nationale, soit une maison, soit une propriété, soit un cheval de prix. Nous eûmes ce jour même un singulier échantillon de son économie.

Huit ou dix mois avant notre arrivée, le consul de France, M. Lamieussens, était mort de la fièvre jaune. Quinze jours après, sa femme le suivait, laissant orpheline une petite fille de six ans. Le chancelier gérant le consulat s'occupa de la rapatrier et de la renvoyer en France à sa famille. Le gouvernement Dominicain, que présidait alors M. Baëz, voulut donner à cette pauvre enfant un témoignage éclatant de sympathie. M. Santana, à son arrivée au pouvoir, décréta qu'une somme de quinze cents francs lui serait remise, au nom de la République.

Le ministère des affaires étrangères, voulant reconnaître ce bon procédé, décida qu'on offrirait au président dominicain un service de porcelaine de Sèvres. Ce présent étant arrivé en même temps que nous à Santo-Domingo, le consul saisit l'occasion de notre présentation à M. Santana pour l'informer de la mission dont il était chargé; il lui demanda en même temps quand il serait disposé à recevoir son cadeau.

A cette question, les yeux du président s'illuminèrent de plaisir et d'orgueil. Il se leva, serra avec tendresse les mains du consul, du chancelier, de tous les Français présents. Il parla avec abondance et entraînement de son dévouement à la France, de son admiration pour le souverain qui la gouvernait; il déclara qu'il était tout prêt à prendre possession du service; mais il demanda qu'au lieu de lui être remis, séance tenante, au palais du gouvernement, il fût porté dans sa demeure particulière.

Le général savait, en effet, par le directeur de la douane, que les caisses renfermant les porcelaines portaient seulement pour suscription : *A monsieur le président de la république Dominicaine*. Il n'ignorait pas que M. Baëz avait quelques droits à leur possession, puisque c'était lui qui avait eu l'initiative du secours accordé à mademoiselle Lamieussens. Santana craignait donc qu'on ne considérât ce service comme appartenant à l'État. En le recevant dans sa maison, il devenait bien à lui, et rien ne l'empêchait plus de le revendre pièce par pièce, comme il commença à faire quelques jours plus tard. C'était, d'ailleurs, une économie de frais de transport.

Il était si pressé de contempler son trésor, qu'il se leva aussitôt pour se rendre chez lui. Le consul l'accompagna. Les ministres suivirent; nous fîmes comme eux. Les officiers qui faisaient la haie dans l'escalier se rangèrent derrière nous, et, dans cet ordre imposant, nous nous dirigeâmes vers la maison du président. Un seul incident troubla la majesté de notre cortège; il se passa heureusement presque en famille.

Au moment où nous descendions l'escalier d'honneur, un jeune porc, sans doute habitué à plus de calme dans le palais, s'enfuit à travers nos jambes et faillit renverser le président. Un aide de camp mit aussitôt l'épée à la main et court après le coupable. Mais le général, se rappelant que la constitution lui donnait le droit de faire grâce, fit un signe à l'officier, qui remit son glaive au fourreau.

En quelques secondes, nous étions devant l'habitation du dictateur. C'était une grande baraque, qui ne brillait ni par la mine ni par la propreté. Les sentinelles qui veillaient à la porte reçurent le mot d'ordre, et elles ne laissèrent pénétrer à l'intérieur que le consul, le chancelier, les ministres et nous trois. On nous fit entrer dans une grande salle. Les meubles étaient représentés par des planches de sapin posées sur des tréteaux. En attendant les caisses qu'on avait envoyé chercher par les soldats, on suppléa à l'absence des chaises par une promenade de long en large exécutée par tous les assistants.

Bientôt des pas lourds et pesants et une vingtaine d'individus pliant sous le poids de deux énormes ballots, vinrent nous donner une autre occupation. Il s'agissait de déballer le service. Le consul, qui craignait, avec raison, la maladresse des Dominicains, et qui tenait d'ailleurs à s'assurer de l'état où se trouveraient ces malheureuses porcelaines après une traversée de dix-huit cents lieues, commença à débarrasser chaque pièce de la triple enveloppe de coton, de papier et de foin qui l'entourait. M. de Terny, Mendès, Anseliu et moi, nous l'imitâmes, malgré une chaleur étouffante et le poids de nos uniformes. Au bout d'une heure, nous n'étions qu'à moitié besogne, et nous étions trempés de sueur. Nous reprîmes un peu haleine.

— Je parie, nous dit le consul, qu'on ne nous offrira seulement pas à boire.

En effet, le président, absorbé par la contemplation de l'émail bleu et des dorures, ne jetait pas un regard sur nous.

— Ma foi, dit M. de Terny, je vais demander un verre d'eau; je n'y puis plus tenir.

Il dit un mot à une sentinelle, qui disparut et revint quelques instants après avec un petit vase en terre, que le jeune chancelier vida d'un trait. Nous prîmes le parti de l'imiter, et le soldat était déjà à son quatrième ou cinquième voyage, lorsque M. Labastide, après avoir conféré quelques instants avec le général, disparut à son tour.

— Attendez un peu, messieurs, nous dit ce dernier d'un air gros de promesses, on va vous apporter autre chose à boire.

En effet, M. Labastide avait envoyé chercher à son magasin une bouteille de vin de Champagne, pensant qu'il fallait saisir cette occasion de faire aller son commerce. Nous étions douze, chacun reçut la moitié d'un verre.

Le lendemain, un immense article, publié par la *Gazette du gouvernement*, racontait aux Dominicains comment le souverain de la France, pour témoigner son admiration au général Santana, lui avait fait remettre un service exécuté exprès dans la manufacture impériale de Sèvres. Ce présent, disait la *Gazette*, vaut plus de dix mille piastres fortes.

Ce service avait été commandé, quelque temps avant la révolution de Février, par le roi Louis-Philippe, pour le château de Bizy, ainsi que l'indiquait une marque faite sous chaque pièce; il valait peut-être de trois à quatre mille francs, ce qui était encore bien raisonnable pour reconnaître un cadeau de quinze cents francs. Mais le président avait ses raisons pour le faire proclamer d'un si haut prix. Il espérait trouver quelque spéculateur qui le lui achèterait pour moitié de la valeur indiquée; malheureusement il ne s'en présenta pas, et M. Santana fut réduit à vendre sa porcelaine pièce par pièce. J'ai encore une assiette que j'ai achetée et que je conserve comme un souvenir.

J'allais oublier de dire que, le lendemain de cette solennité, un aide de camp vint remettre au consul, de la part du président, une boîte renfermant cent cigares. Les meilleurs, dans la république Dominicaine, valent un sou pièce, mais ceux-là n'en étaient pas.

Sans doute, on croit que Santana, pour inaugurer sa vaisselle, donna un dîner. Je suis obligé de dire qu'il n'en fut rien. Jamais il n'a invité personne à sa table; ses ministres, ses hauts fonctionnaires imitent sa réserve sur ce point. Tous, sans exception, dînaient au moins une fois par semaine au consulat; car ils n'avaient pas de haine pour la cuisine et les vins de France; mais jamais le consul n'a reçu d'autres invitations que celles de ses collègues d'Angleterre et d'Espagne. Une seule fois M. Labastide, qui était, du reste, un des plus assidus aux dîners consulaires, donna une petite fête, dans laquelle il poussa la magnificence jusqu'à faire circuler des fruits à l'eau-de-vie, mais il se garda bien d'inviter M. Lagorce. C'est un singulier spectacle que celui des bals dominicains. Le quadrille, la valse, la polka, n'y sont pas inconnus. La fleur des pois des jeunes Dominicains se permet même une mazurka de fantaisie; mais la danse de prédilection, celle à laquelle on se livre avec frénésie, c'est la *tomba*. Voici en quoi consiste cette danse nationale.

Tous les danseurs se placent en rang, deux par deux, comme des collégiens qu'on mène à la promenade; les hommes d'un côté, les femmes de l'autre. Dès que l'orchestre donne le signal, ils opèrent un quart de conversion et se font face. A certains moments indiqués par les variations de la clarinette, le danseur valse avec sa partenaire, ou tous deux, vis-à-vis l'un de l'autre, se livrent à des poses et à des balancements qui, dans un de nos bals publics, feraient hérisser la moustache des gardes municipaux et mettre les exécutants au violon. La première figure ainsi terminée, chaque jeune fille quitte son cavalier pour prendre celui qui se trouve le plus près d'elle.

Quand chaque femme a dansé successivement avec tous les hommes présents, la tomba est terminée, au regret général, à moins qu'on ne la fasse double, c'est-à-dire qu'on ne recommence une seconde fois. Chaque figure dure au moins une minute. Pour peu qu'il y ait une quarantaine de couples, on doit penser dans quel état se trouvent les danseurs à la fin de la tomba. La sueur coule de tous les visages; la brique du sol s'est répandue en poussière dans toute l'atmosphère. Heureux dans ce moment celui qui, venu pour voir un bal dominicain, s'est muni d'un flacon d'eau de Cologne!

On dit en France que la danse n'a pas d'opinion. Il n'en est pas de même dans la république Dominicaine. Chaque sauterie est une manifestation politique. On est invité à danser en l'honneur de tel ou tel personnage (*para congratular à fulano*), c'est sans doute pour cela que l'invitation n'est pas nécessaire pour être admis dans un bal. Tout individu qui passe dans la rue peut entrer, danser, boire les rafraîchissements, s'il y en a, et s'en aller sans avoir même salué les maîtres de la maison.

V

Les premiers jours de notre arrivée à Santo-Domingo furent employés à faire nos visites. Le consul nous conduisit d'abord chez l'archevêque.

La république Dominicaine a sur l'empire haïtien cet avantage qu'elle possède un véritable prélat. Pendant que Soulouque s'évertuait auprès du saint-siége pour obtenir un évêque, l'ancien primat des Indes continuait à résider parmi les Dominicains. Il en est résulté que Faustin, obligé de se faire couronner par un prélat de contrebande, a refusé l'évêque qu'on voulait lui imposer plus tard, et que le clergé d'Haïti, en l'absence de tout lien hiérarchique, de toute autorité régulière, a continué de se recruter parmi les aventuriers qui se préoccupent peu de l'excommunication lancée contre eux. Du reste, les prêtres de la république Dominicaine, pour être plus régulièrement institués, n'en mènent pas une vie plus exemplaire. Ils prennent à la lettre les règlements qui leur défendent le mariage, mais ils ne renoncent pas, pour les observer, aux joies de la famille et aux douceurs de la paternité. Il est bien rare de s'arrêter chez un curé dominicain, sans qu'il vous présente sa gouvernante et ses enfants. Le vénérable monseigneur Des Portes, l'archevêque de Santo-Domingo, gémit en vain de ces scandales qu'il ne peut réprimer, et il est réduit à protester, seulement par son exemple et par la pureté de toute sa vie, contre les dérèglements de ses subordonnés. Son grand âge et ses facultés affaiblies ne lui permettent plus d'avoir une grande autorité.

M. Santana a pris soin, d'ailleurs, de lui enlever toute velléité d'énergie.

Un jour, après avoir fait subir à la constitution de la république une de ces modifications dont il ne se prive guère, quand il croit en avoir besoin; il lui prit fantaisie de réclamer de l'archevêque le serment qu'il imposa, à cette occasion, à tous les fonctionnaires. Celui-ci refusa; il répondit que, nommé par le pape, il n'avait rien à démêler avec les constitutions dominicaines. Santana, furieux, le fit saisir par des soldats, traîner au palais, et, là, le menaçant de l'expulser immédiatement du pays s'il résistait encore, il arracha par la terreur un serment à ce vieillard de quatre-vingt-quatre ans, dont une pareille scène faillit troubler la raison.

Si Soulouque s'était permis de traiter ainsi un prélat vénérable, digne par son âge et sa position du respect universel, quel cri d'indignation se serait élevé de toutes parts! La cour de Rome se serait émue, elle aurait prié la France d'intervenir. On aurait imposé au chef barbare une réparation éclatante. Venant du président de la république Dominicaine, ce sauvage procédé ne souleva pas même une remontrance, et tout le blâme fut pour le pauvre évêque qui n'avait pas su montrer assez d'énergie.

Quant à nous, nous ne pûmes nous défendre d'un douloureux respect à la vue de ce beau vieillard dont les cheveux étaient blancs comme la neige et qui nous reçut avec tant de bienveillance et d'affection. C'est un accueil qui fut trop rare pour nous à Santo-Domingo pour que nous n'en n'ayons pas gardé un souvenir plein de gratitude.

En sortant de chez l'archevêque nous nous rendîmes chez le vice-président. L'entrevue que nous eûmes avec ce dignitaire fut courte, faute de siéges pour nous asseoir. Dans le salon où nous fûmes introduits, on voyait une table, deux chaises en bois et une selle de cheval avec sa bride. Le second personnage de l'Etat ne s'efforça pas de suppléer par la cordialité de sa réception à ce que son installation avait de défectueux; il parut aussi étonné que peu flatté de notre visite, qui le surprit et qu'il reçut en bras de chemise. Je vous ferai grâce de notre apparition chez le commandant de la place, qui resta dans la cour où nous le trouvâmes en entrant chez lui; chez le grand amiral, qui nous fit les honneurs d'un magasin de bric-à-brac, où il vend en détail les vaisseaux de l'Etat, et chez les fonctionnaires d'un ordre inférieur qui nous reçurent sur le seuil de leur porte ou dans la rue.

On peut déjà, par ces exemples, se faire une idée du gouvernement dominicain et de la valeur des hommes qui le composent. Ce qu'il y a de plus choquant, ce n'est pas tant de trouver de pareils individus affublés de titres et de fonctions que nous sommes habitués à respecter, que de voir l'incroyable aplomb avec lequel ils se prennent au sérieux et se croient en toute sécurité de grands capitaines, de profonds diplomates, d'habiles hommes d'Etat.

M. Lagorce se permit une fois de faire quelques remontrances à Santana, qui avait expulsé un peu légèrement deux Français. — *Mais, monsieur le consul*, s'écria le président très-blessé des observations provoquées par un des actes de son gouvernement, *vous me parlez comme à une personne ordi-*

naire! *Vous oubliez donc que je suis le général Santana, le libérateur de la patrie, celui qui a plus fait que tous les rois et tous les empereurs de la terre, celui qui est plus grand que l'empereur Napoléon et que Soulouque!...*

Et immédiatement il écrivit au gouvernement français pour demander qu'on lui envoyât un agent moins irrespectueux.

Pour empêcher nos navires d'être soumis à des taxes de plus en plus exorbitantes, quand ils viennent chercher de l'acajou à Santo-Domingo, on a fait une convention de commerce et de navigation avec la république Dominicaine; le lendemain de la signature, le journal officiel de la ville annonçait que la France avait sollicité l'honneur de conclure un traité avec la république, *qui avait bien voulu y consentir.*

Nous avons depuis longtemps montré tant d'indulgence, tant de déférence pour ces malheureux, les Américains, qui jouent vis-à-vis de ces pauvres corbeaux le rôle du renard de la Fable, leur témoignent depuis quelques années une si grande tendresse, que ces braves républicains en sont venus à croire très-sérieusement que c'était un devoir en même temps qu'un grand honneur pour la France de les protéger, et qu'ils sont vraiment bien bons de continuer à accepter nos bons offices quand tant de nations se disputent la gloire de leur offrir une appui.

Ce qui n'empêche pas que l'illustre et grandissime Santana d'avoir recours à la France dans les circonstances les plus puériles.

Il ne se commet pas sur la frontière un vol de bestiaux sans qu'une réclamation des plus aigres ne soit adressée à notre consulat. J'ai vu de mes yeux une lettre du ministre des affaires étrangères qui signalait à notre agent la capture d'un bœuf et d'un âne par les Haïtiens. *La France souffrira-t-elle cela?* demandait en terminant la dépêche.

A travers toutes les intrigues, notre consulat a conservé le droit d'asile. Mais les habitants de Santo-Domingo interprètent ce privilége d'une singulière façon. A leur point de vue, ce n'est pas notre agent qui peut recevoir chez lui et couvrir de sa protection ceux qu'il juge dignes de cette faveur : ce sont eux, Dominicains, qui ont le droit de venir se réfugier sous notre pavillon toutes les fois qu'ils se sont mis une mauvaise affaire sur les bras.

Ainsi, à la veille d'une de ces conspirations pour rire, qu'on dirait préparées pour occuper les loisirs de Santana, un des conjurés vint naïvement trouver le consul et le prier de *laisser sa porte ouverte la nuit suivante, pour le cas où la fortune trahirait son courage.*

Rien ne saurait peindre l'indignation du patriote quand notre agent lui déclara qu'il n'entendait en aucune façon donner asile à des conspirateurs, encore moins les encourager en le leur promettant d'avance.

Les Dominicains se sont tellement habitués à voir la France faire leurs affaires, sans qu'ils aient à s'en occuper, que toutes les fois qu'un *aviso* à vapeur de la station des Antilles mouille dans la rade, ils s'attendent à une révolution. — Il vient renverser Santana et rétablir M. Baëz, ou bien aider le président à se proclamer empereur, pensent-ils. — Puis,

quand le commandant et les officiers, après avoir
dîné chez le consul, lèvent l'ancre et s'éloignent,
c'est un désappointement général et l'on s'écrie :

Esos franceses son musicos!

Ces Français sont des musiciens! c'est-à-dire des
gens qui font plus de bruit que de besogne.

C'est un mot que j'ai entendu bien souvent, comme celui-ci : *Franceses maleditos* (Français mau-
dits), et qui témoigne d'une manière touchante la
reconnaissance de cette population pour laquelle on
a tout fait depuis plus de quatorze ans.

Une chose étrange, au premier abord, c'est que
ce qui exaspère le plus les Dominicains contre la
France, c'est sa générosité. Elle se contente d'entretenir des vaisseaux et des agents qui n'ont guère
pour mission que de surveiller Soulouque et d'empêcher toute tentative sérieuse contre la république. Elle ne demande rien en échange, elle ne veut
même rien accepter. En vain le gouvernement de
Santo-Domingo, à plusieurs reprises, nous a offert
de nous céder son territoire. Nous avons toujours
répondu qu'en mettant au service de la jeune repu-
blique notre influence, nos bons offices et notre protection, nous n'avions été guidés par aucun motif
d'intérêt personnel; que nous voulions seulement
mettre le nouvel Etat en mesure de se développer
et de se suffire à lui-même. Un pareil désintéresse-
ment ne fait pas le compte de ce peuple, ou du
moins de ceux qui le gouvernent.

Ils sentent parfaitement que leur république, sans
autre ressource pécuniaire que les droits acquittés
par quelques navires et la fabrication d'un papier-
monnaie qui ne repose sur aucun gage et va sans
cesse en se dépréciant, n'est pas viable. Ceux qui
sont à la tête du gouvernement le sentent d'autant
mieux, qu'ils n'ont légalement, le président que
1,200 fr. et les ministres que 600 fr. de traitement
par an. Dès qu'ils se seront donnés à une grande
nation, pensent-ils, leur protectrice n'aura rien de
plus pressé que de leur envoyer des soldats pour les
défendre, des ouvriers pour tracer des routes et
construire des palais; leurs terres, qui valent aujour-
d'hui, dans les meilleurs endroits, 100 fr. la lieue
carrée, monteront immédiatement à 100,000 fr;
ils n'auront plus qu'à se croiser les bras et à jouir
de leurs immenses revenus; tandis que le président
et les ministres, qui auront cédé un si beau pays,
se verront chargés d'honneurs, de croix et de pen-
sions.

C'est surtout la France, avec son désintéresse-
ment et sa générosité bien connus, qui leur paraît
la plus propre à remplir un pareil rôle. Les quatre
années que l'ancienne colonie espagnole a passées
sous notre domination, après la paix de Bâle, ont
été marquées par de tels actes d'héroïsme de la
part de nos soldats, cette courte administration
avait fait éclore dans le pays une si étonnante pros-
périté, que le souvenir de l'occupation française
est resté à Santo-Domingo comme le souvenir d'un
âge d'or : tout en détestant les Français indivi-
duellement et en leur faisant mille avanies à l'occasion, on regarde toujours l'annexion à la France
comme le remède à tous les maux.

Aussi nos refus réitérés ont-ils vivement blessé et
désappointé les hommes d'Etat de Santo-Domingo;
et comme ils tiennent à tirer parti de leur position,

en vendant leur pays à quelqu'un, ils n'ont pas
manqué d'exploiter cette déception et de la faire
tourner en haine contre la France, surtout lorsqu'après avoir refusé la république Dominicaine
pour notre propre compte, nous ne nous sommes
pas prêtés à la laisser se donner aux Américains.

Nous avons eu l'indiscrétion d'envoyer toute
notre division navale des Antilles mouiller devant
Santo-Domingo, au moment où M. Cazneau faisait
signer à Santana un traité qui livrait à l'Union une
partie du territoire dominicain; on n'a pas même
laissé au président le prétexte de céder à la peur et
à la contrainte.

Le traité déjà signé par Santana fut rejeté par
le congrès, un peu parce qu'on fit savoir à ce corps
respectable que, s'il était accepté, la république
allait avoir à se défendre toute seule contre une
invasion de Soulouque, mais surtout parce que le
plénipotentiaire de l'Union avait négligé d'employer auprès des députés les arguments concluants
qui lui avaient assuré le président et les ministres;
la propagande américaine, toutefois, n'en fonctionne
pas moins activement; elle aura soin, à l'avenir, de
ne pas laisser les sénateurs et les députés aussi dé-
sintéressés dans la question; et j'aurai une bien
haute idée du patriotisme nouveau qui aura surgi
dans le cœur de la législature dominicaine, si une
nouvelle tentative échoue comme la première.

Un fait nouveau est venu d'ailleurs rehausser singulièrement le prestige des Américains et augmenter l'animosité contre les Français.

Un navire du Havre, le *John Cockrell*, toucha
sur une roche à l'entrée de la rivière de Santo-
Domingo. Il se déclara une voie d'eau. Comme il
était impossible de songer à réparer le bâtiment
dans le pays, et qu'il ne pouvait plus tenir la mer,
il fallut le vendre dans l'état où il se trouvait.
Cette opération, fort simple dans tout autre pays,
présentait de grandes difficultés à Santo-Domingo.

Il n'y a guère, dans la république, d'autre argent
qu'un papier-monnaie émis par le gouvernement
au fur et mesure des besoins, qui ne repose sur aucun gage métallique ou territorial, et qui n'a d'autre garantie que celle inscrite sous cette forme :
« *Le Trésor public répond du présent billet pour la
valeur d'une piastre.* » Tel qu'il est, ce papier cir-
cule encore dans l'intérieur pour un soixantième
environ de sa valeur nominale, et, chose plus curieuse, les naturels le préfèrent aux valeurs mon-
nayées d'or ou d'argent, qu'on appelle de l'argent
fort, tandis que la piastre-papier a reçu le nom de
Papelette.

Décider que la vente du bâtiment aurait lieu
contre de l'argent fort, c'était écarter toute concurrence, et abandonner le *John Cockrell*, pour le
prix qu'elle voudrait bien en offrir, à la seule maison de commerce qui, à Santo-Domingo, puisse
disposer de quelque valeur réelle. Des exemples
récents avaient démontré que des navires valant
encore un très-bon prix, avaient été ainsi adjugés
pour deux ou trois mille francs. Le gouvernement
avait d'ailleurs déclaré qu'il ne permettrait plus
sur son territoire les ventes d'où l'on exclurait la
monnaie nationale. Notre consul résolut donc d'accepter les papelettes aux enchères, quitte à les
échanger plus tard.

Grâce au grand nombre de concurrents que cette faculté amena à la vente, le *John Cockrell* monta jusqu'à plus de quatre cent mille papelettes, c'est-à-dire à près de trente-cinq mille francs. Ce résultat obtenu, restait à convertir les papelettes en espèces ayant cours autre part que dans la république, et à les envoyer en France. Un négociant, qui avait besoin d'une cargaison de bois d'acajou, et qui pouvait la payer aux propriétaires dominicains avec leur monnaie, consentit à prendre la moitié de ces papiers contre une traite sur son correspondant du Havre. Mais c'était là une rare occasion qui ne se renouvela pas. Le consul, pressé de transmettre le prix du navire aux intéressés, se décida à vendre les papelettes aux enchères, petit lot par petit lot, afin d'attirer le plus d'acheteurs possible. Dès que le président fut informé de ce projet, il jeta les hauts cris. C'était là, disait-il, un moyen qu'employaient les Français pour faire baisser la monnaie dominicaine, la discréditer complètement, rendre le gouvernement impossible et le forcer, lui, Santana, à résigner le pouvoir au profit de M. Baëz.

Le journal officiel déclara que le consul, en mettant ainsi en vente la *somme énorme* de deux cent mille papelettes, n'avait évidemment d'autre but que de tuer la république et de faire mourir les habitants dans la misère. Notre agent alla trouver le ministre des finances et le président; il leur représenta que, loin de faire baisser les papelettes, cette vente et la concurrence assurée qu'elle provoquerait les feraient sans doute monter. Du reste, ajouta-t-il, qui vous empêche de charger quelqu'un de les pousser jusqu'à leur taux actuel? Moi-même je m'engage à en prendre pour quelques milliers de francs, et à faire monter les premiers lots jusqu'au cours d'aujourd'hui.

Le président parut convaincu. L'idée de faire soutenir le cours de son papier par un homme de confiance eut surtout l'air de lui plaire. Mais ce à quoi personne ne s'attendait, ce fut le ministre américain, M. Cazneau, qu'il chargea de cette mission. Santana, qui avait ses raisons pour vouloir rendre les Américains populaires et faire haïr les Français, pensa qu'il ne pouvait guère trouver une meilleure occasion d'atteindre son double but. Quant à M. Cazneau, il accepta ce rôle avec un tel enthousiasme, qu'il poussa les papelettes à un taux où elles ne lui furent disputées que par le consul de France. Encore celui-ci, voyant que le diplomate yankee avait évidemment reçu des instructions de son gouvernement ou de celui de la république Dominicaine, s'engagea avec prudence. Il réfléchit que s'il s'obstinait à surenchérir, il s'exposait, soit à rendre le triomphe de M. Cazneau bien plus complet, en lui donnant l'occasion de payer le papier dominicain un prix fabuleux, soit à se trouver lui-même détenteur d'une denrée qu'il aurait payée trois ou quatre fois sa valeur, si son adversaire finissait par la lui laisser. Le ministre américain pouvait se passer cette fantaisie, étant complètement désintéressé dans la question, mais il n'en était pas de même de notre agent, qui agissait sous sa responsabilité et à ses risques et périls. Il abandonna donc les papelettes à M. Cazneau, lorsqu'il les eut amenées à un taux suffisamment élevé au-dessus de leur valeur. Ce fut la compagnie qui avait assuré le *John-Cockrell* qui bénéficia de cette hausse inattendue.

Mais le lendemain, la gazette du gouvernement annonça à toute la population comment la république, amenée à deux doigts de sa perte par le consul de France, avait été providentiellement sauvée par la générosité du ministre américain. M. Cazneau, disait le journal, n'a pas hésité à acheter *pour son compte* toutes les papelettes mises en vente. Pendant un mois la porte de la maison consulaire se trouvait, chaque matin, couverte de placards injurieux et menaçants, sans que, bien entendu, le gouvernement prît aucune mesure pour surprendre les coupables.

IV

Une affaire d'honneur. — Un verdict imprévu et piquant. — Les monuments. — Il ne faut pas médire des absents. — Une procession hebdomadaire. — Un terrible coup de vent. — Carette en panama. — Commerce et industrie.

Veut-on juger jusqu'à quel point d'impudence la bonté, l'indulgence, le parti pris de tout tolérer ont amené ces personnages? Voici un exemple entre mille; celui-ci est plus saillant, parce que le fait que je vais raconter se passa au moment où nous avions sur la rade de Santo-Domingo une frégate de soixante canons, deux bricks de vingt et deux avisos à vapeur de huit.

La jeunesse dominicaine organisa un bal. Un Français, nommé Moringlane, fils d'un honorable pharmacien de Santo-Domingo, souscrivit. Quoique venant d'un *estranjero*, sa souscription fut reçue; l'argent d'un ennemi ne sent pas mauvais. Mais le soir, à la première *tomba*, il fut insulté par les jeunes gens de la ville, et l'un d'eux, nommé Valverde, refusa même de prendre la main de la jeune fille qui dansait avec lui; le Dominicain voulait la punir sans doute d'avoir accepté un *estrangero* pour cavalier. Le jeune homme demanda immédiatement raison de cet outrage. La *tomba* terminée, M. Valverde sortit avec plusieurs amis. L'un d'eux rentra bientôt et vint dire à M. Moringlane que son adversaire l'attendait dehors et désirait lui parler. Le Français le suivit sans défiance. Il n'avait pas fait vingt pas dans la rue, que deux acolytes du sieur Valverde le saisissaient chacun par un bras, tandis que celui-ci lui plongeait un couteau entre les deux épaules. Le malheureux tomba, l'assassin s'écria : *Io soy satisfecho* (je suis satisfait, je suis vengé), et il rentra tranquillement au bal, qu'il ne quitta que le lendemain matin. Personne ne s'occupa de la victime, qui débattait dans les convulsions de l'agonie à quelques pas de là.

Depuis que quelques navires français avaient mouillé sur la rade, le général Santana, persuadé qu'ils venaient seulement pour ramener M. Baëz, faisait parcourir toutes les nuits la ville par de nombreuses patrouilles. L'une d'elles trouva le jeune Moringlane étendu à terre : il donnait encore quelques signes de vie. On le transporta chez son père. Le malheureux pharmacien accourut le lendemain matin chez le consul, lui raconta ce qui s'était passé et lui demanda son intervention pour obtenir justice. Notre agent alla chez le ministre demander l'arrestation du coupable. M. Labastide promit de faire une enquête. Pendant ce temps le meurtrier, jeune homme de vingt-trois ans, *professeur de philosophie* au collége de Santo-Domingo, faisait tranquillement sa classe ou se promenait dans toute la ville.

Huit jours après, le ministre de la justice vint dire au consul qu'il résultait de l'enquête faite par l'alcade dominicain, que la blessure du jeune Moringlane, avait été *occasionnée par la boucle de sa bretelle*, et qu'il n'y avait pas lieu à poursuivre le sieur Valverde. Le blessé commençait à aller un peu mieux ; on était d'ailleurs au moment de la discussion du traité américain par le congrès ; on ne jugea pas opportun de pousser l'affaire plus loin. Le consul eut seulement assez de peine à calmer le commandant des bâtiments français, qui, en apprenant cet impudent refus de justice, voulait chavirer toute la république.

Une parole qui peint bien les sentiments des Dominicains envers nous fut dite, à cette occasion, par une jeune fille parente de M. Baëz lui-même.

Ce que je trouve de plus triste, s'écriait-elle, *c'est de voir que Valverde s'est abaissé jusqu'à se compromettre avec un de ces Français.*

Je pourrais multiplier à l'infini les traits de ce genre. Un écrivain d'esprit et de talent a publié, il y a quelques années, dans la *Revue des Deux Mondes*, une série d'articles sur Soulouque et l'empire haïtien ; il a cru devoir les terminer par l'éloge et la glorification habituels des Dominicains. Quelque temps après il est venu les visiter. Un soir, qu'il se promenait dans la ville avec les officiers d'un aviso français, l'*Achéron*, ils furent assaillis par une grêle de pierres. L'une d'elles endommagea assez grièvement le crâne de celui qui avait tant vanté ce généreux diminutif de nation.

Pour donner une idée suffisamment exacte de la république Dominicaine, il me reste à parler de ses établissements d'utilité publique, de son commerce et de son industrie.

J'ai déjà introduit le lecteur dans le palais du gouvernement : c'est là que sont établis les différents ministères ; chacun d'eux se contente d'une salle, divisée en deux parties par une cloison à hauteur d'homme. Dans la première pièce se tient le secrétaire général, avec quelquefois un ou deux employés. La seconde est réservée à l'Excellence, qui y vient de temps en temps. Il y a un palais du congrès, où se réunissent les députés, quand il ne pleut pas trop fort. On m'a assuré que Santo-Domingo possède également un monument où se rend la justice, quoique je ne l'aie jamais vu. A côté du palais du congrès s'élève la *Monnaie*, dont on peut voir encore presque toute la façade. Il reste les trois quarts d'un hôpital, où les matelots paient deux piastres fortes par jour la pluie qui tombe à travers le toit et les soins qu'on pourrait leur donner. Toutes les fois qu'un navire français a quelques malades, le consul a pris le parti de les faire transporter chez une vieille mulâtresse qui demeure près de chez lui. De cette façon, ils reçoivent au moins les soins et les médicaments que réclame leur état, et que prescrit un médecin payé par notre agent.

Santo-Domingo possède une prison. C'est peut-être le monument le mieux conservé et le mieux entretenu de la ville. Le gouvernement n'y nourrit point ceux qu'il y renferme sur le plus léger soupçon ; chaque samedi, les prisonniers, sous l'escorte de soldats, vont de porte en porte mendier leur nourriture de la semaine.

A l'extrémité de la ville, à l'angle formé par la rivière et la mer, se trouve l'arsenal. Les fusils et les canons n'y manquent pas ; mais les fusils sont tout couverts de rouille, et les canons, sans affûts, sont à moitié enterrés sous le sable. Quant aux boulets, ils servent aux artilleurs à jouer à la boule pendant les quatre heures qu'ils doivent passer chaque semaine à l'arsenal, pour étudier la théorie et faire l'exercice.

C'est dans l'arsenal que s'élève la tour des signaux, où l'on annonce l'arrivée des navires au moyen d'un système de petits drapeaux. La vigie, qui a sa chambre en haut de cet édifice, est sans contredit le fonctionnaire le plus rétribué de la république. Les consuls, afin d'être exactement prévenus dès qu'on reconnaît un navire de leur nation, ont l'habitude de lui donner deux piastres fortes par mois. Il ne vient guère à Santo-Domingo que des navires français, anglais ou américains. On y voit quelquefois une goëlette hollandaise de Curaçao ; à de rares intervalles un bâtiment espagnol de Porto-Rico ou de la Havane apparaît sur la rade ; une fois par hasard, un navire de guerre danois en station à Saint-Thomas vient appuyer quelque réclamation de son consul. Mais les agents espagnols, hollandais et danois, qui ne sont que des commerçants du pays, n'ont garde de faire autrement que les consuls sérieux de France et d'Angleterre, et la vigie récolte chaque mois une douzaine de piastres fortes, c'est-à-dire beaucoup plus que le traitement d'un ministre.

Malheureusement le jeu et les combats de coq, cette autre passion des Dominicains, vident la bourse de ce fonctionnaire encore plus vite que les consuls ne la remplissent. Sans cesse il sollicite des à-compte sur les mois futurs. Le consulat français est toujours en avance avec lui d'au moins une année.

Un jour qu'il se trouvait dans une de ces veines néfastes et qu'il avait vu repousser partout ses demandes d'emprunt, il rentra désolé dans sa chambre ; mais, bientôt, une idée lumineuse l'inspira, et le consul de France reçut une lettre ainsi conçue :

« Senor Consul,

» Pendant que j'étais occupé au sommet de la tour à regarder au loin si je ne découvrirais pas de navire français, un coup de vent m'a enlevé mon chapeau et l'a envoyé dans la mer. C'était un panama qui m'avait coûté un doublon. Comme c'est au service de la France que j'ai éprouvé cette perte, je vous sais trop juste pour ne pas m'envoyer une petite indemnité qui redoublera les sentiments de reconnaissance et de dévouement avec lesquels j'ai l'honneur d'être. »

Le consul pensa que ce billet valait bien deux piastres, et la vigie, enchantée de son expédient, envoya immédiatement une semblable missive aux autres agents. Je crois qu'elle n'eut pas le même succès partout.

Combien j'ai vu de fonctionnaires, et des plus haut placés, qui avaient ainsi perdu leur chapeau pour la France, et qui venaient au consulat demander une indemnité de quelques piastres qui ne leur était jamais refusée. Ils s'empressaient d'aller la perdre à la Gallinara (lieu où se donnent les combats de coq) ou au *monte*, espèce de lansquenet en usage dans les colonies espagnoles.

C'est une chose désolante de voir la misère qui ronge et abrutit cette population, qui remplit de fiel et de haine ces hommes qu'un peu de travail rendrait si facilement les plus riches et les plus heureux de l'univers. On ne croirait jamais que dans ce pays, où la canne à sucre pousse toute seule, où les caféiers laissent tomber leur graine de façon à ce qu'on n'ait qu'à la ramasser pour la récolter, où le maïs pousse comme de l'herbe, on est obligé de faire venir d'Europe ou d'Amérique le sucre, le café, le maïs lui-même. Le bois d'acajou est si commun, qu'il servait autrefois à bâtir les maisons et servirait encore aujourd'hui si l'on bâtissait des maisons à Santo-Domingo. Il n'y a dans toute la république qu'un seul homme qui l'utilise pour faire des meubles ; la table qu'on lui commandera reviendra trois fois plus cher que celle sortie de chez le meilleur ébéniste parisien et transportée à Santo-Domingo ; on sera bien heureux, d'ailleurs, s'il ne faut que six mois pour la terminer.

Les rivières charrient de l'or ; on ne prend même pas la peine de chercher les gisements aurifères. Il est rare qu'on fasse un trou dans la terre sans rencontrer du sulfate de cuivre ; on le dédaigne. A Samana, il y a des mines de charbon de terre qui seraient à elles seules une source de revenus immenses ; on n'a jamais cherché à les exploiter. Le tabac pousse comme de l'herbe : il est de si bonne qualité, que sans soins, sans culture, il peut lutter avec celui de l'île de Cuba ; on n'en tire aucun profit. Quelques maisons de Brème, de Hambourg et de Lubeck font acheter les récoltes à vil prix et fabriquent avec les feuilles qu'elles reçoivent des cigares qu'elles peuvent ainsi donner presque aussi bons que ceux de la Havane et pour un prix très-minime.

Il est impossible de trouver une contrée qui offre plus de ressources et dans laquelle les habitants soient dans un état aussi misérable. On croirait qu'avec une telle pénurie tout doit être donné pour rien. Il n'y a pas de pays au monde où tous les objets de consommation soient plus chers. Les savanes dominicaines sont littéralement couvertes de bestiaux dont les propriétaires ne savent que faire. On ne peut avoir un cheval à moins de 200 piastres fortes. A Haïti les pareils coûtent 200 à 300 francs.

Il s'était formé, il y a quelques années, à la Martinique, une compagnie qui se proposait d'approvisionner cette colonie de bestiaux de Santo-Domingo. C'était, pour la république Dominicaine, une bonne fortune, car elle aurait ainsi utilisé ses innombrables troupeaux et reçu en échange de cet argent fort dont elle a tant besoin. Les deux ou trois premiers voyages réussirent fort bien ; mais le gouvernement s'empressa de mettre de si énormes droits à la sortie des bêtes à cornes, les propriétaires exagérèrent

tellement leurs prix, tout en vendant seulement leurs bœufs les plus chétifs ou les plus malades, qu'il fallut y renoncer et se rabattre sur ceux de Porto-Rico.

On ne pourra bientôt plus même avoir d'acajou. Non pas qu'il en manque dans l'île : on n'en a pas coupé seulement la centième partie de ce que contiennent les forêts. Mais l'exploitation, pour être fructueuse, ne peut avoir lieu qu'au bord de la mer ou des rivières dans lesquelles on fait flotter le bois jusqu'à l'embouchure où on le recueille et on l'embarque. S'il fallait lui faire faire une lieue par terre, le prix du transport dépasserait celui de la marchandise vendue au Havre. La partie la plus précieuse de l'arbre est celle qui est enfouie dans la terre : c'est là que les nœuds et les racines produisent en plus grande quantité ces belles veines qui font souvent ressembler l'acajou à de l'écaille : c'est précisément cette partie qu'on perd et qu'on abandonne.

Les ouvriers trouvent bien plus commode de couper le tronc à la hauteur de leurs bras, ce qui leur évite de se baisser. Jamais on n'a pu obtenir d'un seul d'entre eux qu'il opérât différemment. Encore, pour avoir ces rares bûcherons, faut-il absolument être dans la manche d'un général qui prête ses soldats moyennant un beau bénéfice. Autrement on ne pourra jamais faire exploiter une coupe d'acajou. Vous offririez cinquante francs par jour au Dominicain qui vient mendier chez vous, pour aller travailler dans la forêt, qu'il vous répondrait qu'il est gentilhomme, que vous l'insultez, et que vous lui en rendrez raison, et la première fois qu'il trouvera l'occasion de vous donner un coup de manchette sans trop s'exposer, vous pouvez être sûr qu'il n'y manquera pas.

En parlant de l'acajou, il est impossible de passer sous silence la singulière industrie à laquelle il a donné naissance. S'il n'y en a pas d'autres à Santo-Domingo, celle-là, du moins, a atteint un degré de perfection qui ne laisse rien à désirer. Je veux parler de la perte des navires.

L'acajou a un prix très-variable sous le même volume. Ce prix dépend du poids du bois, de la manière dont il est veiné : telle pièce peut être vendue deux mille francs, tandis que celle qui est à côté ne serait pas payée vingt francs par un connaisseur. Quand on veut faire une jolie spéculation, on charge un navire avec le bois le plus commun, de façon que la cargaison la plus complète ne revienne pas à deux mille francs. On le fait assurer comme de l'acajou de première catégorie, pour cinquante ou soixante mille francs. Le capitaine, qui a sa part dans les profits, a soin de faire toucher son bâtiment sur quelque roche ou de l'échouer sur quelque côte en partant. Si le navire ne peut être remis à flot et si tout est perdu, l'opération a complétement réussi. Si le bâtiment en est quitte pour une voie d'eau, et si l'on parvient à le réparer, le chargeur déclare que sa cargaison est avariée. Il le fait constater par des experts complaisants, et se rend chez son consul pour dresser ce qu'on appelle un acte de délaissement de sa marchandise pour compte des assureurs. Ceux-ci la feront vendre le prix qu'ils pourront, mais ils sont obligés de payer au négociant le montant de l'assurance. On a tellement abusé de cette spéculation, que les compagnies, en

Angleterre, ne veulent plus à aucun prix traiter avec les navires qui font le voyage de Santo-Domingo. Les Américains, qui sont moins scrupuleux en fait de commerce, sont à peu près les seuls aujourd'hui avec qui une pareille affaire soit possible. Quant aux navires français, je suis heureux d'avoir constaté, à l'honneur de notre marine marchande, qu'ils sont toujours restés étrangers à ces actes criminels de baraterie. Les ouvertures qui ont été quelquefois faites à ce sujet à nos capitaines au long cours ont toujours été reçues comme elles le méritaient. Nouveau sujet de haine contre nos compatriotes !

VII

Des élèves qui font honneur à leur maître. — Parallèle entre un maçon dominicain et un officier français. — Départ de Sainto-Domingo. — Arrivée chez Soulouque.

Que de faits de ce genre j'ai vus se passer devant moi, que d'histoires burlesques et ridicules j'aurais encore à raconter si je voulais faire connaître à fond cette étrange nation, qui a pourtant trouvé des panégyristes et des admirateurs! Ce que je voulais démontrer seulement, c'est que pendant qu'on accable Soulouque de moqueries, pendant qu'on n'a pour lui que dédain et aversion, pendant qu'on a fait tout ce qu'on peut pour lui créer des embarras et des ennemis, il y a à côté de lui un Etat cent fois plus grotesque, bien qu'il ait été entouré depuis sa naissance des plus chaleureuses sympathies, bien que l'aide et la protection de deux grandes nations ne lui aient jamais fait défaut ; un État qui ne reconnaît nos bons offices que par la plus odieuse ingratitude et que nous aurons un beau matin la satisfaction de voir se donner aux Américains, qui s'y établiront pour s'élancer plus facilement sur Cuba et les autres Antilles.

Si, au lieu d'ajouter au rôle peu gracieux de créanciers que nous sommes forcés d'avoir vis-à-vis de Faustin, mille tracasseries inutiles, mille humiliations ; si, au lieu d'autoriser l'agent qui représentait la France à Port-au-Prince à venir en Europe acheter des armes pour les Dominicains et recruter des officiers pour leur armée, on avait montré pour ce monarque ridicule, si l'on veut, ombrageux et susceptible comme ceux qui craignent la moquerie, mais bon au fond, et facile à conduire et à attacher ; si l'on avait eu pour lui un peu de cette bienveillance qu'on a tant prodiguée inutilement à côté ; si on l'avait su entretenir et développer l'ardente sympathie qu'il a encore, malgré tout, conservée pour la France, on se serait fait de ce pauvre noir un ami dévoué et un allié qu'on aurait été bien aise de trouver peut-être le jour peu éloigné où il faudra lutter avec les Américains pour la conservation de nos colonies.

Il me reste à dire maintenant comment j'ai quitté la république Dominicaine et me suis aventuré chez Soulouque.

Il avait été convenu dès notre arrivée que Mendès,

en qualité de capitaine du génie, serait chargé de la direction de tous les travaux que l'on devait exécuter dans la ville ; qu'Anselin montrerait aux Dominicains à se servir des carabines des chasseurs de Vincennes, dont on avait envoyé un millier avec nous, et que moi je les perfectionnerais dans l'exercice du canon.

Au bout de deux mois, nous n'étions pas encore entrés en fonctions, et on ne nous épargnait guère les allusions destinées à nous faire comprendre que nous touchions un très-fort traitement à nous croiser les bras. Nous avions employé les premiers temps à visiter un peu le pays, à faire quelques courses à Bani, à Azua, à Samana, dans le Cibao, et nous avions pu nous convaincre par ces petits voyage de l'état encore plus misérable de la population dans les provinces. Une fois que nous eûmes ainsi parcouru presque toute la république, notre inaction commença à nous peser, et nous demandâmes au gouvernement de nous mettre à même de lui rendre quelque service.

Un beau jour, je reçus l'ordre de me rendre à l'arsenal avec Anselin, pendant que Mendès était appelé chez le commandant de la place.

A l'arsenal, nous trouvâmes une cinquantaine d'hommes auxquels nous devions montrer tout les jours, pendant une heure, à manier la carabine de Vincennes et à tirer le canon. La première leçon alla tant bien que mal, et nous fîmes preuve d'indulgence. Le lendemain nos élèves n'étaient plus qu'une douzaine. Le surlendemain il en vint deux. Quelques jours après nous passions l'heure de la leçon à regarder les requins jouer dans la mer, au pied de la tour des signaux. Quand nous demandâmes qu'on forçât les soldats à venir à l'exercice, il nous fut répondu qu'ils avaient parfaitement compris et retenu en une seule séance tout ce que nous voulions leur apprendre, manière de nous dire que nous n'étions plus bons à rien.

Mais il arriva qu'à quelque temps de là, la république Dominicaine envoya une ambassade à Curaçao pour signer avec le gouverneur de cette colonie un traité de commerce et de navigation.

Pour briller aux yeux des Hollandais, on embarqua sur le vaisseau qui portait le plénipotentiaire de la république une compagnie qui devait faire des salves avec les fameuses carabines.

C'était d'autant plus nécessaire que l'expérience venait de démontrer que le navire tout récemment acheté aux États-Unis par M. Labastide ne ferait pas un salut de vingt et un coups de canon sans risquer de s'entr'ouvrir. Il paraît que dans cette circonstance, les tirailleurs crurent devoir laisser au bout de leurs fusils les sabres *avec leurs fourreaux* et qu'ils furent très-supris de voir ceux-ci s'envoler à la première décharge au nez de ceux qu'ils saluaient.

Quant à Mendès, en même temps qu'on nous donnait des soldats à instruire, on lui avait confié le soin de faire réparer la rue du *Conde*, près de la porte de la ville, sur une longueur d'une vingtaine de mètres. Il commença ce travail important avec une douzaine de soldats qui avaient été mis à sa disposition à cet effet. Le premier jour les ouvriers travaillèrent bravement et toute la rue fut depavée et défoncée de manière à refaire une chaussée solide et durable; mais le lendemain, les ouvriers ne revinrent pas, et pendant un mois toutes les plaintes de Mendès ne purent en obtenir d'autres. A de rares intervalles, il en venait un ou deux qui faisaient semblant de remuer et de tailler quelques pierres.

Pendant ce temps, tous les Dominicains criaient comme un seul homme qu'on ne pouvait plus passer dans la rue; le gouvernemet, pour augmenter encore les réclamations, avait décidé que, tant que dureraient les travaux, la porte à laquelle aboutissait cette rue serait fermée: de sorte que les gens qui venaient de la campagne étaient obligés de faire le tour de la ville pour entrer.

Un jour que le capitaine se rendait comme d'habitude sur les travaux, afin de voir si on y avait envoyé des ouvriers, il fut agréablement surpris d'en apercevoir une centaine qui travaillaient avec ardeur. Mais quand il voulut leur donner quelques ordres, un Dominicain, qui cumulait l'état de maître maçon avec celui d'officier dans le régiment des ouvriers, lui déclara que c'était lui désormais qui était chargé du travail.

En deux jours la rue fut rendue à la circulation, et ce fut à qui crierait le plus haut qu'un maçon dominicain avait achevé en deux jours un ouvrage qu'un capitaine du génie français n'avait pu terminer en un mois.

Depuis notre arrivée nous avions déjà surmonté bien des mécomptes et des illusions. Ce dernier trait mit le comble à notre dégoût. Nous envoyâmes tous notre démission.

Une goëlette partait le surlendemain pour Jacmel, où s'arrête le packet anglais, nous nous y embarquâmes, et quarante-huit heures après nous mettions le pied sur le sol haïtien.

Le packet devait passer le soir même; mes compagnons, impatients de rentrer en France et jugeant d'après la république Dominicaine ce que devait être l'empire haïtien, ne consentirent pas à retarder leur départ.

Quant à moi, je ne voulus pas être venu si près de Soulouque sans l'avoir vu, et je me décidai à retarder mon départ de quinze jours, pour aller jusqu'à Port-au-Prince contempler Faustin Ier sur son trône.

Est-ce aux déceptions que j'ai éprouvées chez les Dominicains que je dois d'avoir trouvé les Haïtiens si bons, si hospitaliers?

Est-ce le souvenir du gouvernement du général Santana qui m'a fait paraître Soulouque et ses ministres si convenables dans leur sphère?

Est-ce la misère de la population dans l'Est qui m'a fait voir les nègres d'Haïti cent fois plus heureux?

Est-ce enfin la perspective du sort réservé à la république de Santo-Domingo, qui m'a fait croire que l'empire noir de Soulouque, malgré ses ridicules, a en lui même plus de ressources, plus de chances de durée et d'avenir que bien des Etats de l'Amérique du Sud?

Je ne sais; mais je ne puis me rappeler sans un certain charme le temps que j'ai passé au milieu de cette population soi-disant barbare et si grossière.

J'ai parcouru toute la partie haïtienne sans autre escorte qu'un vieux noir qui me servait de guide et de domestique.

Nous nous arrêtions, le soir, au premier village, à la première hutte que nous rencontrions.

Le propriétaire allait couper de l'herbe pour nos chevaux, tuait une poule et préparait le court-bouillon mulâtre; des œufs, des fruits, quelquefois un poisson ou une tortue complétaient le festin.

Quand notre hôte avait ainsi pourvu à tous nos besoins et préparé notre coucher, il nous souhaitait le bonsoir et allait demander l'hospitalité à quelque case ou à quelque arbre du voisinage, afin de nous laisser plus à l'aise dans l'unique pièce qui, la plupart du temps, formait sa demeure. Le lendemain, il était de retour, bien avant notre réveil, pour préparer le café, panser nos chevaux et charger le mulet qui portait les bagages et toutes les provisions qu'il avait pu se procurer.

Que de fois, surpris par la nuit au milieu des mornes, avons-nous couché sous un arbre! Une natte de paille nous servait de matelas, une selle de cheval remplaçait l'oreiller, et nous dormions ainsi sans avoir à craindre d'autres ennemis que les moustiques qui, il faut bien l'avouer, sont moins hospitaliers que les nègres. Car c'est là un fait digne de remarque, depuis l'avénement de Soulouque les routes sont sûres et l'on n'entend plus parler de vol. Les nègres d'Haïti n'en sont pas encore arrivés à considérer la poule du prochain comme une chose sacrée. Mais, comme me le disait mon guide un jour où je le surpris puisant à même une boîte de cigares de la Havanne, *ça, c'est prendre, c'est pas voler.*

Dans les villes ou les bourgs de quelque importance, nous étions toujours reçus par le général qui commandait le district ou l'arrondissement, et nulle part, je puis le dire, je n'ai trouvé un accueil plus cordial. Plusieurs de ces chefs militaires non-seulement sont des hommes capables et intelligents, mais j'en ai même rencontré plusieurs véritablement instruits et lettrés. Je me rappelle ma surprise à cet égard, lorsqu'un jour, au Limbé, petit bourg entre le cap Haïtien et les Gonaïves, j'aperçus le gouverneur occupé à lire les *Girondins* de M. de Lamartine, et qu'il me fit une critique pleine de finesse et de bon sens sur ce livre célèbre.

C'est dans les campagnes et les villes du centre qu'il faut étudier la population haïtienne, si l'on veut en avoir une idée exacte. Là, elle est elle-même c'est-à-dire pleine de franchise et de bonté; ses mœurs sont naïves et simples. Les chefs eux-mêmes si gonflés de leur importance, si jaloux de leur autorité dans les villes du littoral, administrent, dans l'intérieur, en patriarches et en pères de famille.

Eloignés des étrangers, ils ne craignent pas leurs moqueries et ne cherchent pas à s'y soustraire par des imitations malheureuses de nos costumes et de nos usages; lorsque j'arrivai chez le duc du Limbé, par exemple, je le trouvai dans une petite maison rustique qu'il habitait de préférence à sa résidence officielle.

Il était vêtu de simple toile grise, et, dans ce costume sans prétention, il adressait un petit discours à deux jeunes habitants du bourg qui s'étaient mariés le matin et venaient, suivant l'usage, lui présenter leurs hommages ; vraiment je n'ai jamais rien entendu de plus simple et de plus sensé que les conseils qu'il leur donna à cette occasion.

Du reste, j'ai presque toujours trouvé un grand fond de bonhomie chez ceux mêmes qui sont en apparence les plus vains et les plus fiers de leurs titres et de leurs fonctions.

Sans fatiguer davantage le lecteur des récits de mes voyages dans les principales villes, de mes entrevues et de mes conversations avec les principaux personnages du pays, récits dans lesquels je ne ferais guère que présenter sous leur côté sérieux les faits connus déjà sous leur côté comique, qu'il me permette de lui raconter une aventure qui eut lieu pendant mon séjour à Haïti.

Elle me semble bien montrer sous son véritable jour le vieux souverain nègre et la population sur laquelle il règne depuis bientôt dix ans.

UNE VENGEANCE DE FAUSTIN

Nous avions pour camarade, au collège Louis-le-Grand, un jeune créole nommé Hercule Léogane.

En France, on n'attache pas une aussi grande importance qu'aux colonies à la pureté du sang. Aucun d'entre nous ne s'était donc avisé de remarquer que ses cheveux étaient légèrement frisés; que son teint, d'un blanc un peu jaunâtre, prenait autour des yeux et au bord des paupières des nuances plus foncées; qu'enfin un cercle brun marquait la naissance de ses ongles.

L'eût-on remarqué, que personne n'eût songé à trouver dans ces indices qui trahissaient son origine mulâtre, un prétexte pour le railler ou un moyen de l'humilier. Il se donnait pour le fils d'un colon de Saint-Domingue, et on le laissait dire sans penser à mal.

Ses succès dans ses études et sa force physique lui avaient même valu une sorte de supériorité sur ses camarades. Ils supportaient comme une chose toute naturelle l'autorité qu'ils lui avaient laissé prendre sur eux.

— Celui-là, disaient-ils en le montrant, il est fort en tout.

Ce qui signifiait qu'il traduisait aussi bien une page de Tacite qu'il administrait un coup de poing.

Une autre cause lui donnait d'ailleurs un grand prestige à nos yeux, c'était l'énorme pension que déjà au collège il recevait de sa famille.

Son père, un des plus riches mulâtres d'Haïti, voulait que, même sous ce rapport, son fils se trouvât au-dessus des enfants blancs. Il usait, du reste, généreusement de sa richesse et régalait ses amis sans se faire prier les jours de promenade et de sortie.

Il en fut de même à l'École de droit dont il avait voulu suivre les cours pour prolonger son séjour en France. Il pouvait disposer de plus d'argent que la prévoyance paternelle n'en laisse généralement aux étudiants, et il avait par conséquent autour de lui une petite cour, grâce à laquelle il pouvait satisfaire sans contestation ce besoin d'autorité et de commandement qui semble inné chez tous les descendants d'une race si longtemps esclave et condamnée à l'obéissance.

Il ne voulait en rien se laisser dépasser par ses camarades, ni dans les plaisirs ni dans les examens, qu'il passa tous brillamment.

Un travail acharné pendant la nuit réparait bien souvent le temps perdu dans la journée.

Il venait de terminer son stage, lorsque la mort de son père le laissa à la tête d'une fortune de trois cent mille francs. Il quitta le quartier latin pour la Chaussée-d'Antin. On conçoit comment, avec ce besoin de briller et d'être le premier partout, il mena rondement l'héritage paternel. Son père était devenu, comme tant d'autres, général et comte à l'avènement de Soulouque. Heureusement pour Hercule, le mulâtre Léogane n'avait pas un de ces noms qui ont valu une renommée européenne à la noblesse d'Haïti. Le jeune homme continua donc à porter son nom de famille, mais il ne dédaigna pas le titre dont Faustin l'avait rehaussé.

Quinze mois après la mort de son père, M. le comte Hercule de Léogane habitait un appartement au premier, rue de Provence.

Il avait des chevaux et une stalle à l'Opéra; il était membre du Bébé-Club et tutoyé par toutes ces demoiselles de la danse. Il possédait même encore près de cent mille francs à son crédit chez un banquier.

Un matin son tailleur, qui ne voulait jamais lui remettre sa note, se présenta chez lui.

Il avait un fort paiement à faire ce jour-là et il avait pris la liberté de passer chez M. le comte, suivant l'invitation qu'il en avait reçue plusieurs fois.

La facture se montait à deux mille et quelques cents francs. Hercule donna un bon sur son banquier et le fournisseur se retira en saluant profondément un client qui payait si bien.

Une heure après, au moment où le jeune homme se disposait à partir pour les courses de Chantilly, le tailleur reparut, la figure singulièrement contractée, et il apprit au comte que l'individu sur lequel il lui avait donné un mandat était disparu depuis trois jours. Les mots depuis trois jours furent même accentués avec une amertume qui n'avait rien de flatteur pour le comte. Hercule avait bien encore chez lui une centaine de louis, mais il pensa que le moment n'était pas opportun pour s'en dessaisir.

— Si vous étiez venu plus tôt et comme je vous y avais engagé, ce serait deux mille cinq cents francs de moins que je perdrais, dit-il à son créancier qu'il congédia difficilement.

Celui-ci tenait d'autant plus à être payé que cela devenait moins facile; mais il n'eut cette fois-là que la satisfaction de garder son chapeau devant son débiteur, qui n'osa le lui faire retirer.

Dès qu'il fut parti, Hercule se mit à réfléchir et oublia les courses. Il savait bien que le genre de vie qu'il menait ne pouvait pas toujours durer; mais jusqu'alors il avait évité de songer au parti qu'il prendrait lorsque sa ruine serait complète.

Il pensait qu'il aurait assez de temps pour s'en occuper lorsqu'il n'aurait plus rien de mieux à faire : or, ce moment était arrivé.

Il se trouvait évidemment dans cette position où il faut choisir entre un sac qui renferme rarement un bâton de maréchal, une balle de pistolet, ou une existence d'expédients et de hasards qu'on n'est pas sûr de pouvoir terminer à l'amiable.

Il se souvint alors de son pays. Depuis quinze ans qu'il l'avait quitté, il ne s'en était guère occupé, ni pour l'aimer, ni pour le haïr. Il n'y avait jamais pensé.

Nul n'avait ri de meilleur cœur en voyant, dans je ne sais plus quelle revue, Grassot apparaître déguisé en Soulouque ; nul n'avait applaudi plus fort le grotesque acteur chantant :

> Comme empereur je fus sacré,
> Et ne fus point massacré.

Il ne lui était pas même venu à l'idée qu'il était un peu sujet de ce monarque parodié.

Mais le jour où la fuite de son banquier le laissa seul en tête-à-tête avec ses réflexions et quelques rares pièces de vingt francs, il se rappela qu'il avait une patrie et songea qu'il pouvait s'y réfugier.

C'était un moyen de cacher sa ruine et de tâcher de refaire sa fortune.

— Après tout, se dit-il, qui sait ce qui peut m'attendre là-bas ? Avec mon instruction je puis devenir un homme important dans ce pays sauvage ; j'y trouverai toujours bien une dot et une femme comme pis aller.

Il envoya chercher chez un libraire tous les livres qui traitaient d'Haïti. Il en parcourut quelques-uns, et le soir même son parti était pris.

En lisant l'histoire de ces révolutions si fréquentes depuis l'émancipation, en voyant quels hommes avaient si facilement entraîné cette population crédule et l'avaient gouvernée, il ne douta plus qu'il lui suffît de débarquer à Port-au-Prince pour devenir l'arbitre des destinées haïtiennes.

Entre autres projets qui se présentèrent à son esprit, il y en avait un surtout qu'il caressait avec complaisance.

Il avait remarqué de quels priviléges jouissent dans le monde les membres du corps diplomatique : invitations à la cour, places réservées dans toutes les cérémonies, entrée de droit au Jockey-Club, mille autres prérogatives ; tout cela était leur partage.

Or, Soulouque avait une légation à Paris. Qui l'empêcherait de venir en France comme envoyé et ministre plénipotentiaire d'Haïti ?

Il eût sans doute préféré l'ambassade d'Angleterre ; mais enfin pensait-il, Soulouque n'est pas éternel. Quand il sera remplacé par quelqu'un de moins discrédité en Europe, personne ne songera à rire du ministre d'Haïti, surtout s'il donne quelques fêtes et quelques dîners.. En tout cas, il doit y avoir de l'argent à gagner dans ce pays encore tout neuf, des entreprises à monter. Il s'est bien formé ici des sociétés pour la panification des feuilles de bananiers et l'explotation des plantes textiles, et elles ont trouvé des actionnaires. Tous les ouvrages qui parlent de l'île de Saint-Domingue s'accordent à dire qu'il y existe des gisements de charbon, de cuivre, d'argent et même d'or. En cherchant bien il faudrait être malheureux pour ne pas trouver une petite mine à exploiter.

— C'est décidé, se dit-il ; et comme c'était un garçon énergique et d'une volonté ferme, il mit sur-le-champ son projet à exécution.

En huit jours, l'hôtel des ventes le débarrassa de ses meubles, le Tattersall de ses chevaux. Comme il comptait revenir en France et ne voulait pas y laisser une mauvaise réputation, il paya scrupuleusement ses créanciers. Pour se conduire en parfait gentilhomme, il laissa même à une jeune personne, dont l'Académie Impériale de danse et de musique ne rétribuait qu'à raison de soixante francs par mois les talents et la beauté, un trimestre du traitement qu'elle lui permettait d'ajouter à son admiration et à ses soins.

Cette liquidation accomplie, il lui restait une dizaine de mille francs. Il se rendit à Southampton. Quinze jours après, le packet anglais le déposait à Jacmel.

Hercule ne perdit point son temps à admirer cette petite ville gaiement assise au fond d'une belle rade et au pied d'immenses montagnes dont le sommet se perd dans l'azur du ciel ou dans les nuages qui les couronnent. Il ne pensa point à s'émouvoir en revoyant ces beaux arbres du sol natal, cette nature si riche et si fertile. Jacmel, la seconde ville pourtant de l'empire haïtien, ne lui importait guère. C'était à Port-au-Prince, au siége du gouvernement, qu'il avait hâte d'arriver et de s'établir.

Le premier objet qui frappa ses regards, au moment où il sautait de l'embarcation qui l'avait conduit à terre, fut un pauvre matelot que quatre nègres poursuivaient à coups de pierres.

Le pauvre diable faisait bonne contenance et se retournait assez souvent pour faire face à ses adversaires, tout en se dirigeant vers le quai, où il espérait trouver une embarcation.

Mais il lui restait encore une assez grande distance à parcourir, et l'affaire menaçait de mal tourner pour lui, lorsque, d'une petite hutte en bois surmontée du drapeau haïtien, un individu en uniforme accourut précipitamment.

— Ou pas rougir de commettre vous avec un blanc ? Quittez pauvre malheureux-là !

— *Y qu'à insulté nous ! y qu'à crié nous singes !* (Il nous a insultés ! il nous a appelés singes !)

A ce mot de singe, la plus cruelle insulte qu'on puisse adresser à un nègre, l'homme à l'uniforme oublia son rôle conciliateur et il suivit les autres.

Le fugitif, heureusement, avait mis à profit ce temps de répit.

D'ailleurs, l'officier commandant le poste, voyant cinq assaillants au lieu de quatre, intervint lui-même.

— Zotes Haïtiens ! cria-t-il, zotes trop grands, trop geneheux pur matraité con ça ion monde tout seul ! (Vous êtes Haïtiens ! vous êtes trop grands, trop généreux pour maltraiter ainsi un homme seul !)

A ces mots, les noirs s'arrêtèrent : le sentiment de leur dignité l'emporta sur la colère, et le matelot put rejoindre sans difficulté une embarcation qui le ramena à son bâtiment.

Tel est le nègre : ni la force ni la crainte ne le dompteront; mais qu'on le prenne, comme on dit vulgairement, par les sentiments, et l'on en obtiendra tout ce qu'on voudra.

Il n'y a pas d'hôtel à Jacmel; les étrangers sont reçus chez une vieille mûlatresse nommée Madame Vérel. C'est une bonne femme qui se met en quatre pour contenter les voyageurs que le ciel lui envoie. Sa maison, vaste et commode, est située au milieu d'un jardin qui s'étend jusqu'à la mer. Les chambres sont propres et les lits confortables. La cuisine est excellente et même recherchée, car Madame Vérel est un cordon bleu. Le prix de tout cela serait presque modéré, s'il ne fallait subir les histoires de l'hôtesse et les médications qu'elle impose de vive force à ses locataires. Esclave dans sa jeunesse chez des créoles qu'elle sauva lors de l'insurrection de Saint-Domingue, elle a conservé leurs opinions et leur manière de voir. Quoique noire elle-même à faire peur, elle ne manque jamais de dire : *Nous autres blancs, nous autres anciens colons*, et ne peut s'habituer à voir les nègres libres et maîtres du pays. Elle a pour eux un dédain et une horreur mêlés de crainte qui sont souvent du dernier comique. Aussi est-elle tout heureuse lorsqu'elle peut soulager son cœur aux dépens d'un nouveau venu, lui dépeindre l'état misérable où se trouvent réduits ceux qui ne sont pas nègres de cœur et de peau, et lui raconter les atrocités commises par l'abominable Soulouque, dont elle fait un portrait à donner la chair de poule.

Ses opinions bien connues lui ont donné une sorte d'importance parmi les mécontents, et le soir sa maison, convertie en café, est le rendez-vous de tous les frondeurs de bonne compagnie à Jacmel. Un sujet sur lequel la bonne femme ne souffre pas de contradiction, c'est la médecine. Là est son empire, et elle y règne en souveraine absolue, faisant et défaisant des lois auxquelles il faut se soumettre. Bon gré, mal gré, le nouveau débarqué doit obéir aux prescriptions de ce docteur en jupons. Elle possède une foule de remèdes propres à préserver de la fièvre jaune, cette terrible épreuve pour les Européens qui débarquent dans les Antilles. Souvent ses prescriptions n'empêchent pas un malheur; mais elle ne se trouble pas pour si peu : à l'entendre, c'est toujours la faute du sujet. « Je lui avais bien dit ce que ça lui coûterait, à l'infortuné. Il voulait manger une orange. Je dis : Mon bon monsieur, il est plus de midi, il est trop tard; l'orange est d'or le matin, mais de poison le soir. Il n'a pas voulu m'écouter, et il a été manger des oranges. Voyez où cela l'a conduit? C'est toujours comme cela que font les étrangers. Ils ne veulent pas croire les gens du pays qui leur parlent au nom de l'expérience! »

Le soir de l'arrivée d'Hercule, il y avait un grand conciliabule chez madame Vérel. Plusieurs négociants et quelques hommes de couleur parlaient avec animation.

— Ce qu'il y a de plus malheureux pour lui, disait un homme d'une quarantaine d'années,

sompteusement habillé de noir et cravaté de blanc, c'est qu'il vient de se faire naturaliser Haïtien. Lors même qu'on parviendrait à le faire échapper de la prison, aucun consul ne voudra lui donner asile.

— Le jugera-t-on, au moins? demanda un autre.

— Sans doute, répondit le premier, on ne manquera pas de rendre le châtiment public, afin d'effrayer ceux qui seraient tentés de l'imiter; mais ce sera un simulacre de jugement, comme tous ceux qui se rendent ici. Le juge qui oserait ne pas le condamner s'exposerait au ressentiment de Monseigneur, et nul ne s'y expose impunément. D'ailleurs, il ne trouvera pas un avocat pour le défendre, lui donnât-il toute sa fortune. Celui qu'on nommera d'office fera l'éloge de Monseigneur et ne sera nullement tenté de se compromettre en disant ce que l'on peut dire seulement pour la défense de ce pauvre Elliot, c'est-à-dire qu'il a été frappé le premier et qu'il était dans le cas de légitime défense. D'ailleurs, c'est un mulâtre, et, comme nous, il n'a à attendre ici ni justice ni pitié.

— De quoi donc parlent ces messieurs, demanda Hercule à madame Vérel, qui était restée près de lui pour lui servir à souper.

— Oh! ne m'en parlez pas, répondit la bonne femme, c'est une chose abominable et qui fait frémir rien que d'y penser. Figurez-vous qu'il y a quelques années qu'est venu s'établir ici un Américain, nommé Elliot. Il a fait dans ce commerce du café et du bois de campêche une grosse fortune qui s'élève aujourd'hui au moins à quatre cent mille piastres. Voilà que dernièrement, pour achever de réaliser son avoir et se faire payer par ses créanciers, contre lesquels sa qualité d'étranger le laissait presque sans recours, il s'est fait naturaliser haïtien. Il y a à peine huit jours qu'il est sujet de notre empereur. Or, hier matin, en passant devant le palais du duc de Jacmel, la sentinelle lui crie de saluer, comme tous, grands ou petits, nous sommes obligés de le faire en rencontrant Monseigneur ou seulement en passant devant sa maison. Lui qui, depuis cinq ans qu'il est établi ici, et en sa qualité d'étranger protégé par son consul ne s'était jamais soumis à cet usage humiliant, oublie qu'il est obligé maintenant de faire comme tout le monde, et refuse. La sentinelle appelle le poste à son secours. Monseigneur, attiré par le bruit, sort lui-même, et apprenant la cause du tumulte, se précipite, comme un furieux qu'il est, contre cet homme que cinq ou six soldats retiennent, lui jette son chapeau à terre et le soufflette en lui disant : Chien de blanc, je t'apprendrai à me respecter.

Le malheur a voulu que les soldats ne tinssent pas leur prisonnier assez fort, car en se sentant frappé au visage, il s'échappe de leurs mains, arrache le sabre de l'un d'eux, et avant qu'on ait pu le rattraper, Monseigneur était déjà terrassé et demandait grâce. Mais au moment où Elliot le relevait généreusement, les soldats le saisissent lui-même par derrière, le lient avec des cordes et l'emmènent en prison. Il n'en sortira que pour être fusillé, car Monseigneur, pour se venger, prétend qu'il n'a dû la vie qu'à ses soldats, et ceux qui ont vu comment les choses se sont passées n'oseront jamais déposer contre Monseigneur. D'ailleurs, ils savent bien que cela ne servirait à rien.

— Mais, dit Hercule à la bonne femme, tout en se découpant une aile de pintade, il est probable que le duc de Jacmel, une fois sa colère apaisée, réfléchira qu'il a eu tort, et il sera le premier à empêcher qu'on donne suite à cette affaire.

— Lui, faire une chose pareille! on voit bien que vous ne le connaissez pas, le vieux tigre. Mais vous ne savez donc pas que lui et Soulouque ne seront satisfaits que lorsque nous serons tous morts. Chaque fois qu'ils trouveront un prétexte pour égorger un des nôtres, ils n'y manqueront pas, jusqu'à ce que le dernier y ait passé. Je vous dis, mon bon monsieur, que c'est à faire frémir. Et encore, si ce pauvre Elliot était seul; mais il a une fille, monsieur, une fille de seize ans, belle comme les amours et qui va se trouver orpheline, sans famille et sans un sou vaillant; car ce n'est pas assez de vous assassiner, il faut encore qu'ils vous dépouillent. Quand on condamne un malheureux à mort, il semblerait que cela suffit. Eh bien, non! Ces monstres lui confisquent encore tout ce qu'il possède. C'est comme cela qu'ils ont chacun, dans leur palais, une cave toute remplie de doublons. Ceux de la pauvre miss Eva iront s'ajouter aux autres.

— Ah! dit Hercule, profitant d'un moment où madame Vérel reprenait haleine, M. Elliot a une fille?

— Oui, mon bon monsieur, une pauvre jeune fille qui, hier, n'aurait eu qu'à choisir pour trouver un mari. Il n'en manquait pas, allez, qui faisaient les empressés autour d'elle; une fille riche comme Crésus et jolie comme un cœur. Aujourd'hui, je ne sais pas seulement s'ils oseraient aller la voir. Celui qui le tenterait serait bien sûr d'être arrêté le lendemain; et une fois arrêté, voyez-vous, surtout quand Monseigneur ne sait pas comment trouver un prétexte pour vous faire fusiller, on reste indéfiniment en prison. Je suis bien sûre qu'à l'heure qu'il est la pauvre chère est toute seule chez elle. Les domestiques eux-mêmes, dès qu'ils auront appris l'emprisonnement de leur maître, se seront sauvés, dans la crainte d'être compromis en restant avec sa fille. Que voulez-vous? chacun pour soi et Dieu pour la compagnie?

La bonne femme continua longtemps encore ses lamentations tout en servant son hôte, invoquant les saints du paradis, en essuyant une assiette, apostrophant Soulouque et les nègres tout en rinçant un verre; mais Hercule ne l'écoutait plus.

Cet homme deux fois millionnaire qui allait être fusillé, cette jeune fille qui allait se trouver orpheline et dans la misère, le faisaient songer. Quoi! se disait-il, toute cette fortune sera perdue! Cette population est donc tellement abrutie par la peur que personne ne tentera de les sauver! Si je l'essayais; si je plaidais pour cet Elliot? Y a-t-il un aussi grand péril que le pensent ces imbéciles? C'est impossible; je verrai d'ailleurs, et je ne m'aventurerai pas sans avoir pris mes précautions. Mais si, par hasard, je réussissais, il ne me serait pas difficile, après avoir sauvé le père, de me faire

aimer de la jeune fille: la reconnaissance d'un côté, l'amour de l'aurte feraient qu'ils n'auraient rien à me refuser, et j'arriverais ainsi à épouser mademoiselle Elliot; c'est une fin qui en vaudrait bien une autre. Si, comme il est plus probable, j'échoue dans ma tentative, je me serai toujours fait connaître dès mon arrivée; on parlera de moi; je passerai pour un héros au milieu de tous ces trembleurs.

Du reste, avec un peu d'adresse, je dois réussir. J'irai voir ce duc de Jacmel, je lui dirai que je viens lui demander la permission d'être l'avocat de M. Elliot, parce que cette cause sera pour moi l'occasion d'un beau début. Je le prierai de m'indiquer lui-même la manière dont je dois défendre mon client. De cette façon il ne pourra m'en vouloir, et je verrai bien ce que je pourrai attendre de lui. Il est impossible qu'en flattant son amour-propre, en exaltant sa générosité et sa clémence, je ne gagne pas mon procès auprès de lui. En tous cas, l'occasion est trop belle pour ne pas la tenter, et je la tenterai.

Sur cette résolution, il alluma un cigare, laissa madame Vérel continuer toute seule ses lamentations, et vint se mêler aux causeurs, qui continuaient à pérorer et à gémir dans la galerie du côté du jardin.

La conversation dura encore pendant une heure, puis on proposa à Hercule de profiter de la fraîcheur et de la beauté de la soirée pour faire une promenade dans la ville. Il accepta avec empressement.

— Tenez, lui dit un de ses compagnons, quand ils eurent fait quelques pas dans la rue, en lui montrant une belle grille qui s'ouvrait sur une allée d'arbres: voilà l'entrée de l'habitation de ce pauvre Elliot.

— Ah! fit Hercule d'un air indifférent. Mais quelques instants après il prétexta une grande fatigue et rentra. La promenade n'avait plus d'intérêt pour lui.

Le lendemain, dans la matinée, Hercule se dirigea vers la demeure de l'Américain.

La maison était située à l'extrémité d'une avenue de cocotiers, au milieu d'un massif de manguiers, dont l'ombre épaisse la préservait du soleil. Découverte seulement du côté de la mer, elle ouvrait à la brise une vaste galerie où l'air arrivait sans cesse, tout chargé du parfum des tamarins, des citronniers, des goyaviers, de tous ces arbres dont les fruits embaument comme les fleurs. Les légères colonnes qui soutenaient le toit sortaient de grosses touffes de lauriers et de jasmins, et disparaissaient sous les lianes, les cactus et les plantes grimpantes qui s'enroulaient autour d'elles en les couvrant de verdure et de fleurs.

Hercule entra dans la galerie. Un hamac garni de plumes éclatantes se balançait au gré du vent, des sièges étaient groupés autour d'une table à ouvrage. Une broderie commencée, une partition ouverte sur le piano, tout semblait indiquer la présence d'une femme, que l'arrivée d'un étranger avait fait fuir dans l'intérieur; mais les fleurs flétries qui penchaient tristement leur tige sur le bord de grands vases de faïence du Japon, les cris plaintifs de pauvres oiseaux enfermés dans une volière, où plusieurs avaient déjà péri faute de nourriture, montraient que depuis plusieurs jours cette pièce était abandonnée.

Hercule pénétra dans le salon. Il était également vide. Il s'approcha des portes et regarda à travers les claires-voies ménagées pour laisser circuler l'air. Tout était désert. Il allait se retirer, quand, en soulevant une portière, il aperçut miss Elliot. Dans l'angle le plus obscur, la jeune fille était assise ou plutôt couchée sur un de ces sièges où se balance d'ordinaire la nonchalance créole. Ses yeux étaient fermés, sa tête inclinée sur l'épaule, ses mains jointes et tombées sur ses genoux, comme si la vie l'avait abandonnée au milieu d'une prière. Il était en effet difficile de reconnaître au premier abord, malgré la grâce de l'attitude et l'harmonie de la pose, si ce corps frêle et affaissé sur lui-même, si ce visage et ces mains, blancs comme le marbre, n'étaient pas déjà glacés par la mort ; mais de grosses larmes qui filtraient à travers les paupières et roulaient lentement sur les joues, montraient que la malheureuse enfant souffrait encore. Ses cheveux s'étaient dénoués, et leurs boucles en désordre descendaient sur sa poitrine. Une rose oubliée dans sa coiffure laissait tomber ses dernières feuilles flétries sur le cou, dont elles rehaussaient encore la blancheur.

Seul gardien et seul serviteur qui ne l'eût pas abandonnée, un gros chien de Terre-Neuve, à poils noirs et frisés, se tenait couché à ses pieds. A chaque instant il se levait, flairait le visage de sa maîtresse et léchait ses mains, comme pour s'assurer qu'elle respirait toujours. Rassuré par cet examen, il reprenait sa place, en poussant un petit cri plaintif, et reposait sur ses deux pattes allongées sa tête, dont les yeux à demi fermés veillaient encore sur le sommeil de la jeune fille.

Hercule resta longtemps immobile, navré à la vue de cette douleur et de cet abandon. Le peu qu'il y avait en lui de bons instincts se réveilla subitement en présence de cette jeune fille si tristement délaissée, et il lui faut rendre cette justice, que lorsqu'il pénétra dans la petite pièce où elle avait renfermé sa douleur, il ne songeait plus aux chances de gain et de réputation que pouvait lui rapporter un plaidoyer. Il pensait seulement aux moyens de rendre son père à celle qu'on regardait déjà comme orpheline.

Au bruit de ses pas, le chien bondit en aboyant. La jeune fille ouvrit les yeux et se leva toute droite à l'aspect de l'inconnu debout devant elle. Elle chercha à rassembler ses pensées encore flottantes dans un pénible sommeil ; puis, se souvenant tout à coup, elle retomba sur son siège en sanglotant.

Hercule s'approcha d'elle tout bouleversé, et prit sa main qu'elle abandonna.

— Mademoiselle, lui dit-il, j'ai appris que votre père allait sans doute avoir besoin d'un défenseur. Je viens me mettre à sa disposition et à la vôtre.

Elle leva sur lui ses yeux remplis de larmes.

— Vous voulez défendre mon père, monsieur ; quel bon génie vous envoie !

— Mon Dieu ! mademoiselle, je suis arrivé seulement hier de France. J'ai su l'arrestation de M. Elliot, et j'ai même entendu dire qu'il ne pourrait trouver un avocat. J'ai eu honte pour mes compatriotes de cette lâcheté, et je me suis permis de les en faire rougir, en me chargeant d'une cause qui ne m'a paru ni aussi désespérée ni aussi périlleuse qu'on me l'a dit.

— Ainsi, monsieur, on ne vous a pas laissé ignorer le danger auquel vous vous exposez peut-être, et vous ne vous repentirez point de votre généreuse résolution ?

— Je vous l'ai dit, mademoiselle, je ne crois pas le péril aussi grand ; le fût-il bien plus, ajouta Hercule en hésitant un peu, j'en serais bien heureux, maintenant.

— Maintenant ? demanda naïvement la jeune fille, trop préoccupée de son père pour remarquer l'ardent regard qui complétait la phrase.

Mais en voyant l'embarras du jeune avocat à cette question, et en sentant le tremblement de la main qui tenait toujours la sienne, elle rougit un peu et se rejeta en arrière.

Ils restèrent ainsi quelques instants l'un devant l'autre en silence : lui, craignant de l'avoir offensée ; elle, se repentant d'avoir sans doute blessé, par son brusque mouvement, celui dont le dévouement pouvait peut-être sauver son père. Le gros chien, inquiet de l'attitude de sa maîtresse, se pressait près d'elle en faisant entendre un sourd grognement, et découvrait ses dents formidables sous son museau froncé.

Hercule rompit le premier le silence.

— Mademoiselle, lui dit-il un peu tristement, j'ai pensé que la certitude d'avoir auprès de vous un homme résolu à tout tenter pour arracher votre père à ses ennemis, serait un adoucissement à votre douleur. C'est pour cela que je me suis permis de venir troubler votre solitude, que je n'aurais pas crue aussi complète..... Je reviendrai seulement quand il vous conviendra de me faire appeler, afin que je puisse me concerter avec vous pour la défense de M. Elliot. Mais, avant de vous quitter, je ne puis m'empêcher de vous demander si je ne saurais vous être d'aucune utilité pour prévenir quelques-uns de vos amis ou vous conduire près d'eux. Vous ne pouvez rester ainsi toute seule dans cette grande maison abandonnée.

— Merci, monsieur, répondit-elle, j'ai encore auprès de moi une vieille négresse qui m'a nourrie et qui ne me quittera pas. Elle aura sans doute profité de mon sommeil pour faire quelques courses et tâcher d'avoir des nouvelles de mon pauvre père. Ses soins me suffiront ; ils m'épargneront l'humiliation d'aller chercher hors de chez moi un asile que bien des gens auraient dû m'offrir et qui me serait peut-être refusé. D'ailleurs, ajouta-t-elle en caressant le beau terre-neuve qui avait conservé sa mine hostile, j'ai là un bon gardien.

La vieille servante rentrait en ce moment. Mise à l'aise par son arrivée, Eva ajouta :

— Si ce gardien est aussi prudent envers un ami (et elle tendit à Hercule, avec un mouvement plein de grâce et d'abandon, la main qu'elle avait retirée), jugez de ce qu'il serait contre un ennemi.

— Ma bonne Zoune, dit-elle en se tournant vers sa nourrice, console-toi un peu, mon père aura un défenseur, et j'ai confiance en son éloquence, ajouta-t-elle avec un sourire qui fit fondre le cœur du jeune homme.

La négresse se jeta aux genoux d'Hercule, en baisant sa main. Le chien, voyant tous ces témoignages d'affection, se mit à bondir et à japer joyeusement; puis il apporta au jeune homme une pelote de laine qu'il alla prendre dans une corbeille à ouvrage. Hercule prit la pelote et s'en fut tout joyeux, après avoir promis de revenir dès qu'il aurait quelque nouvelle à apprendre à miss Elliot.

Quelques minutes plus tard Hercule gravissait la route qui mène sur les hauteurs de Jacmel, pensant à Eva, au gros chien, à son plaidoyer, dont il répétait déjà la péroraison, heureux et léger comme on l'est à vingt-cinq ans, lorsqu'un amour naissant fait battre le cœur.

Hercule n'en était pas à sa première passion. On n'a pas dépensé en un an trois cent mille francs à Paris, sans en avoir eu quelques-unes, même des plus chères; mais les seules femmes qu'il eût vues de près étaient celles qu'a peintes l'auteur de la *Dame aux camellias*. S'il s'était quelquefois élevé jusqu'aux héroïnes du *demi-monde*, il n'avait jamais éprouvé ce chaste et naïf amour qu'inspire une jeune fille innocente et pure. En un mot, et pour continuer sa comparaison devenue célèbre, il avait souvent mordu à des fruits meurtris qui ont perdu leur saveur avec leur fraîcheur; mais il n'avait jamais cueilli sur tige une de ces belles pêches dont rien n'a froissé le soyeux duvet, terni le velouté, ni altéré le parfum. Aussi ouvrait-il son cœur à des émotions toutes nouvelles pour lui, et sentait-il avec joie naître en lui tous les bons sentiments, compagnons inséparables d'un amour honnête. Il montait, admirant la mer bleue à l'horizon, les montagnes au-dessus de sa tête, les arbres dans la vallée, la fleur entrouvrant son calice, le colibri voletant dans le feuillage, et trouvait Dieu bon d'avoir créé tant de merveilles.

Une pauvre femme passait, portant sur sa tête une corbeille contenant quelques mangos et quelques bananes, maigre provision qu'elle allait vendre au marché. Il lui donna sa bourse. Un malheureux noir traînait péniblement un cabrouet lourdement chargé : il l'aida à gravir la côte. Un vieil officier, suivi de quelques cavaliers, passa au galop et se retourna du côté du jeune homme, déjà derrière lui. Hercule comprit que cette figure inquiète demandait un salut, et il ôta son chapeau pour ne pas blesser ce vieillard.

Arrivé sur le plateau où est située l'église, il entra dans l'édifice, où il fut tout surpris de se retrouver, un quart d'heure après, pleurant et priant. Son cœur était plein et débordait.

— Voyons donc, se dit-il à lui-même quand il se fut un peu rendu compte de ses sensations, je suis bête et sensible comme un enfant. Je suis amoureux de cette jeune fille, c'est clair ; mais ce n'est pas en me métamorphosant en fontaine que je parviendrai à faire acquitter son père et à l'épouser.

Il sortit de l'église.

La place était couverte de troupes, les tambours battaient aux champs, la musique jouait l'air de *Vive Henri IV*. Quatre régiments, en assez bon ordre de bataille, formaient une longue ligne de-

vant laquelle galopait un général suivi d'un assez nombreux état-major. Les assistants étaient tête nue : Hercule, décidé à ne choquer en rien les usages reçus, les imita.

— Est-ce donc l'empereur qui passe ses troupes en revue? demanda-t-il à un homme portant cocarde à la casquette et bâton à la main, espèce de sergent de ville qui remplissait ses fonctions avec un zèle et des cris dont se préoccupaient médiocrement une foule de négrillons avides de contempler de plus près ce spectacle.

— Non, monsieur, c'est monseigneur le duc de Jacmel.

Hercule fut curieux de voir le terrible homme qui tenait en ses mains le sort de M. Elliot; mais sa surprise fut grande quand, le général arrivant devant lui, il reconnut l'officier qu'il avait salué sur la route. Celui-ci, en l'apercevant, s'approcha et lui dit avec une grimace des plus bienveillantes :

— Mettez donc votre chapeau, mon ami, vous êtes trop nouvellement arrivé d'Europe pour rester ainsi exposé au soleil.

— Il paraît, pensa le jeune homme, que la police n'est pas trop mal faite ici, le gouverneur sait déjà qui je suis, d'où je viens ; il est bien capable de ne pas ignorer non plus ma visite à Mademoiselle Elliot. Du reste, il n'a pas l'air si diable qu'on me l'a dit Voyons si je puis l'aborder après la revue ; je tâcherai de faire connaissance avec lui; cela vaudra peut-être mieux pour ma cause qu'un plaidoyer fait par Cicéron lui-même.

Mais la parade terminée, le général et son escorte partirent au galop en faisant cabrer leurs chevaux à qui mieux mieux ; le duc retira seulement son chapeau, en passant devant Hercule, pour répondre à son salut.

— Si j'allais faire une visite à ce vieux guerrier, pensa-il. Ma qualité de nouveau débarqué me donne un prétexte plausible. Lorsqu'on arrive dans un pays, il est naturel d'aller présenter ses devoirs à celui qui y commande.

Il aurait pu ajouter: — Et puis ce me sera un moyen de revoir Eva aujourd'hui ; je pourrai me présenter chez elle pour lui rendre compte de mon entrevue avec le duc.

Le palais du gouverneur était à mi-côte. C'était une maison en bois d'assez belle apparence, précédée, du côté de la rue, par une grande galerie qui servait de corps de garde à quelques soldats.

Il était environ midi, le soleil était au zénith, la chaleur accablante.

La garnison dormait sur le plancher ; l'officier commandant se balançait dans un hamac; la sentinelle, assise sur les marches de l'entrée, tenait son fusil entre ses jambes et pelait soigneusement avec son sabre un morceau de canne à sucre.

Hercule se dirigea vers la porte ; mais, voyant le soldat bondir et croiser la baïonnette, il s'arrêta.

— Ça ou lez ? (Qu'est-ce que vous voulez) cria la sentinelle?

— Je voudrais voir le duc de Jacmel.

— Pas téni moien (c'est impossible).

— Laissez-moi parler au moins à votre commandant !

Le soldat appela son chef... mais, fidèle à sa consigne, il ne bougea pas d'une semelle et conserva son attitude menaçante.

L'officier arriva en grommelant.

— Ou trop hadi magué ça levé conça moune qu'a domi. (Savez-vous que vous êtes bien hardi, mon ami, de réveiller comme ça les gens qui dorment ?)

Hercule prit son sourire le plus aimable.

— Pardon, capitaine, je suis étranger et j'ignorais les usages du pays. J'aurais désiré voir monseigneur.

L'officier, radouci par l'humilité du visiteur qui le traitait d'ailleurs de capitaine quand il n'était que sous-lieutenant, reprit en se grattant la tête :

— C'est qu'on ne peut pas voir monseigneur comme cela, sans une lettre d'audience. Il faut lui adresser une demande faisant connaître le motif pour lequel vous désirez l'entretenir, et si vous êtes étranger, il faut que la pétition soit visée par votre consul. Vous comprenez bien, mon ami, ajouta avec condescendance le lieutenant, que si le premier venu pouvait ainsi déranger monseigneur, il n'aurait plus aucun temps à donner aux affaires de l'État.

— C'est trop juste, répondit Hercule; j'adresserai une supplique à monseigneur. En attendant, soyez assez bon pour l'instruire de ma visite. Je désire qu'il sache que, dès mon arrivée, je n'ai pas manqué de venir lui présenter mes hommages.—Et il remit à l'officier une carte.

Celui-ci considéra attentivement le petit carré de carton et les caractères qui s'y trouvaient tracés, en ayant soin toutefois de le tenir la tête en bas; puis, voulant sans doute rendre sa politesse à celui qui l'avait traité de capitaine, il s'écria, comme si le nom qu'il avait fait semblant de lire l'eût frappé de respect :

— Oh ! c'est bien différent. Quand monseigneur saura votre nom, il vous fera sans doute appeler. Je lui remettrais bien maintenant votre petit papier ; mais, entre nous, voyez-vous, il fait sa sieste, et il est si mauvais quand on le réveille, que je n'ose pas m'y frotter.

Ça voyons, ajouta le lieutenant, vous m'avez l'air d'un bon garçon, vous ; donnez-moi donc une petite gourde pour acheter un peu de tabac.

On appelle à Haïti une petite gourde une piastre papier, qui ne vaut guère que sept à huit sous. La gourde ou piastre d'argent, qu'on nomme gourde forte, vaut cinq francs quarante centimes. Hercule chercha dans ses poches et retrouva heureusement dans un coin une pièce de monnaie qu'il remit à l'officier, celui-ci lui serra la main avec effusion.

Vous riez de voir un officier demander en quelque sorte l'aumône, mais cela n'a rien de choquant dans le pays. L'armée est une espèce de garde nationale. Les officiers ne sont pas choisis seulement parmi les plus riches, et comme ils sont d'autant plus fiers de leurs épaulettes, qu'ils occupent une position sociale moins élevée, ils les conservent souvent en dehors du service. C'est pour cela qu'il n'est pas rare de voir un capitaine raccommoder des souliers ou vendre de la chandelle. Mais je reviens à notre héros.

Dès que madame Vérel le vit rentrer, elle courut à lui.

— Ah ! mon Dieu ! vous voilà, mon bon monsieur! Qu'avez-vous fait? On vous a vu entrer chez mademoiselle Elliot. Quelle imprudence ! monseigneur va le savoir, voyez-vous, et si vous n'êtes pas arrêté avant ce soir, je veux perdre mon nom. Tenez, ajouta la bonne femme, il y a sur la rade un bâtiment français. Le capitaine déjeune en ce moment à la maison. Dès qu'il aura fini il retournera à bord. Si vous voulez m'en croire, partez avec lui, mon bon monsieur. Attendez quelques jours sur son bâtiment où l'on n'osera pas vous poursuivre. On vous oubliera, et vous pourrez revenir, à condition de ne plus recommencer de semblables folies.

— Merci, ma bonne madame Vérel, dit Hercule, merci de votre intérêt; mais, je crois qu'il n'y a pas si grand péril en la demeure. D'ailleurs, je meurs de faim, et je voudrais bien déjeuner.

— Vous pensez à déjeuner quand un pareil danger vous menace ! Oh ! jeune homme, vous ne voulez pas me croire ! il vous arrivera malheur.

Elle s'avança vers la porte pour s'assurer que rien de menaçant n'apparaissait encore ; mais elle resta la bouche béante et sans voix. En un bond elle revint près d'Hercule, le saisit par le bras et l'entraîna derrière une persienne à travers laquelle on pouvait apercevoir la rue dans toute sa longueur.

— Voyez-vous, balbutia-t-elle avec effort, voyez-vous cet officier qui vient vers nous? je suis sûre qu'il s'arrêtera ici.

— C'est bien possible, fit Hercule, mais...

— C'est bien possible, et vous restez là ! mon bon monsieur. Je vous en conjure, fuyez ! sautez dans le canot du capitaine ; je le préviendrai. Vous obstiner à rester, ce n'est pas du courage, c'est de la démence. Dans une seconde cet homme sera ici; passez par le jardin, il n'y a sans doute pas encore de soldats de ce côté. Je vais dire à ce sbire que vous êtes sorti ce matin et que vous n'êtes pas encore rentré. Je tâcherai de le retenir quelques minutes à causer, en lui faisant croire que vous devez revenir pour l'heure du déjeuner.

Hercule voulait en vain persuader à la bonne femme qu'il ne courait aucun danger ; elle ne lui laissait pas le temps de prononcer une parole, et, tout en parlant, elle cherchait à l'entraîner.

— Oh ! murmura-t-elle tout à coup, en voyant l'officier apparaître sur le seuil, il n'est plus temps!

Celui-ci, en effet, demanda Hercule, et lui annonça qu'il était chargé de le conduire auprès du gouverneur.

— Ah ! le malheureux, je le lui ai bien dit, s'écria madame Vérel, et elle s'enfuit dans sa chambre sans qu'Hercule pût lui dire un mot pour la rassurer.

VIII

Dans le grand salon de son palais, le duc de Jacmel, en uniforme de lieutenant-général, avec les plaques et les grands cordons des ordres haïtiens, se promenait en attendant Hercule. Sans son visage noir et ses cheveux semblables à de la laine grisâtre, on se serait vraiment cru en présence d'un général pour tout de bon.

La pièce, pavée de marbre blanc, était vaste et élevée, les siéges et les meubles resplendissaient de dorures ; deux aides de camp se tenaient près du maréchal, écrivant ou faisant semblant d'écrire sous sa dictée. Quand Hercule entra, ils se retirèrent.

Le duc fit un pas au-devant du jeune homme, lui indiqua un siége, s'assit le premier, et attendit avec un air qui ne manquait pas complétement de dignité.

Hercule avait eu le temps de préparer une petite phrase pour son entrée.

— Monseigneur, je prie Votre Excellence de vouloir bien me pardonner mon importunité ; mais, en arrivant dans la province que vous commandez, j'ai pensé que c'était pour moi un devoir de venir vous présenter mes hommages. La bienveillance que vous m'avez déjà témoignée ce matin m'a donné l'espérance que vous daigneriez les agréer.

Le vieux noir jeta un regard soupçonneux sur celui qui lui adressait un si beau compliment ; mais, en voyant le sérieux imperturbable, la contenance modeste et timide du jeune homme, il se rassura. Hercule, d'ailleurs, dans l'intérêt de son client, avait tant à cœur de gagner la bienveillance du duc, qu'il craignait si fort de lui déplaire, qu'il jouait son rôle presque au naturel.

Quant au général, une fois qu'il put croire qu'on ne voulait pas se moquer de lui, il fut flatté et touché du respect et de la déférence qu'on lui témoignait.

Il interrogea le visiteur avec une bonhomie un peu brusque, mais affectueuse, sur les motifs qui l'avaient ramené à Haïti.

Sur ce point, le thème d'Hercule était fait.

Il ne manqua pas de répondre qu'après avoir été chercher en Europe l'instruction nécessaire pour être utile à son pays, il était revenu lui consacrer le fruit de ses travaux et les talents qu'il avait pu acquérir.

— Mais on m'avait dit que vous vous étiez fait naturaliser Français pendant votre séjour à Paris ? demanda le duc.

Hercule prit un air pénétré.

— Je crois, monseigneur, qu'on a déjà cherché à me nuire auprès de vous. Je suis né Haïtien et je resterai Haïtien. Si j'ai consenti à passer ma jeunesse loin de ma patrie, c'est seulement dans l'espoir de lui être plus utile un jour, si elle veut accepter mes services.

— Ainsi, vous êtes décidé à rester au milieu de nous : vous ne nous avez pas trouvés trop ridicules ?

— Monseigneur, je n'ai trouvé ridicules que ceux qui parlent de notre patrie à tort et à travers sans la connaître, peut-être sans l'avoir jamais vue.

Le gouverneur était enchanté.

Hercule riait en dedans et se félicitait en voyant les progrès qu'il faisait dans la confiance du vieux nègre.

— Ma foi ! s'écria celui-ci après quelques instants de silence, vous devez être un brave garçon, et je me sens tout disposé à vous aimer. C'est dommage que vous soyez si blanc de visage, on ne vous prendrait pas pour un des nôtres. Du reste, cela n'empêche pas d'être un bon Haïtien ; votre père, qui était presque aussi pâle que vous, l'a prouvé. Tenez, vous avez du cœur et vous ne vous moquerez pas d'un vieillard comme moi. Laissez là les Monseigneur et les Excellence, cela me gêne et c'est bien assez de les revêtir en public avec mon uniforme. Laissez-moi me débarrasser des uns et des autres. Nous dînerons ensemble et nous causerons comme une paire d'amis. Cela me rappellera ma jeunesse et votre pauvre père. En vous voyant en face de moi, je me croirai rajeuni de quarante ans.

Le duc l'emmena alors dans une autre chambre, lui donna une veste de toile, en prit une pareille, et le conduisit sur une terrasse d'où l'on découvrait la rade, la ville et une partie de la campagne.

— Avouez, dit-il avec orgueil, en montrant ce tableau au jeune homme, avouez que nous avons un beau pays. Ah ! ajouta-t-il avec un soupir, si ceux qui auraient dû nous soutenir n'avaient pas été les premiers à nous créer des obstacles, peut-être aurions-nous rendu à cette contrée son ancienne splendeur. C'était notre but, du moins !

Enfin, allons dîner, dit brusquement monseigneur de Jacmel.

Ils entrèrent dans une salle où le repas était servi. Les plats étaient nombreux. Plusieurs bouteilles de formes différentes se dressaient au bout de la table. Hercule fit honneur aux uns et aux autres ; mais il remarqua que le vieux général ne mangeait que des haricots rouges, avec des bananes cuites sous la cendre, et ne buvait que de l'eau étendue de quelques gouttes de genièvre.

— Vous vous étonnez de ma sobriété ? lui dit le duc. Hélas ! mon ami, quand on a soixante-quinze ans, comme moi, et qu'on en a passé soixante à vivre de racines et de fruits, comme nous avons été obligés de le faire dans nos luttes de l'indépendance, ou dans nos guerres civiles, on ne change guère d'habitude. Cependant, je veux boire avec vous un verre de vin de France et trinquer à votre retour parmi nous.

Et le vieux noir approcha son verre de celui du jeune homme et le vida d'un trait.

— C'est bon, dit-il, le vin, ça réchauffe, et puis ça fait oublier. Et il remplit une seconde fois son verre.

Mais à mesure qu'il buvait, son visage prenait une expression plus sérieuse et plus triste, il semblait hésiter ; puis tout à coup, comme s'il venait de prendre une grande résolution, il frappa sur la table.

— Tenez ! s'écria-t-il, il faut que je vous parle franchement.

Vous arrivez avec de grandes illusions et de généreux projets. Renoncez-y ; vous perdriez votre temps, et votre vie peut-être. Jamais rien de durable ne pourra être établi, en fait de nationalité, en fait de gouvernement, dans ce pays, tant que la lutte entre les deux races qui l'occupent ne sera pas terminée, tant que les nègres n'auront pas tué ou chassé jusqu'au dernier mulâtre, ou tant que ceux-ci n'auront pas fait disparaître le dernier noir.

Si les hommes de couleur l'emportent, la lutte

recommencera entre les mulâtres et les quarterons, les quarterons et les métis, jusqu'à ce qu'il plaise à quelqu'un de venir les séparer en s'emparant de l'objet du procès.

Si vous restez, il va vous falloir, d'ici à quelques jours, opter entre les deux partis. Sauvez-vous, plutôt. Dans l'un comme dans l'autre il y a encore, je le crains bien, trop de sang à répandre, et je ne vous souhaite pas de jamais savoir ce que pèse le sang répandu. On a beau être un vieux singe qui n'a rien d'humain, comme ils disent en parlant de moi; on a beau se répéter que ce qu'on a fait, on l'a fait pour le bien et pour éviter de plus grands malheurs, si même on n'était pas dans le cas de légitime défense, on sent qu'on tremblera, le jour où le bon Dieu vous en demandera compte, puisqu'on a décidé que nous avions aussi une âme.

Et ce qu'il y a de plus triste, c'est que c'est continuellement à recommencer. Notre population est sans cesse travaillée par les étrangers. Les Américains surtout, qui ne demandent qu'à voir se continuer des luttes qui nous épuisent, nous déconsidèrent et leur donneront plus de facilités pour s'emparer de l'île, envoient ici des émissaires qui prêchent la révolte aux mulâtres et leur promettent l'appui des États-Unis.

Vous avez, sans doute, déjà entendu parler de l'arrestation d'un nommé Elliot? Je suis sûr que c'est un de leurs agents secrets, et que son insolence d'hier n'avait pas d'autre but que de provoquer un mouvement de la part des hommes de couleur, dont il s'est fait le champion.

Cette nuit, j'ai vu deux fusées partir du gros morne, et deux autres, qui paraissaient sortir de la mer, leur ont répondu.

Tenez, voyez-vous là-bas à l'horizon ce navire qui est presque caché dans la brume?

Cette mâture est trop élevée pour un bâtiment de commerce. Ce doit être, bien certainement, un navire de guerre; voilà huit jours qu'il est là à courir des bordées sans jamais s'approcher de terre assez pour qu'on puisse distinguer son pavillon. Je parierais ma vieille tête que c'est une frégate qui porte le *yack bleu* semé d'étoiles de l'Union.

Eh bien! s'ils croient qu'ils me feront peur, ils se trompent, et avant huit jours, leur homme sera jugé et fusillé, lui et tous ceux qui bougeront.

Ah! messieurs les mulâtres, vous avez voulu la guerre, quand nous demandions la paix et l'union; après avoir été vaincus, vous ne voulez pas vous soumettre, et c'est toujours à recommencer! Eh bien, nous verrons!

Vous ne savez pas encore, vous, continua-t-il en s'adressant au jeune homme, vous ne savez pas encore ce que sont les mulâtres, ces êtres sans nom, qui forcément haïssent leur père et rougissent de leur mère! Eh bien, vous les verrez à l'œuvre et nous aussi, nous, les nègres, les singes, comme ils nous appellent, mais qui valons mieux qu'eux; car nous ne rougissons pas de ce que nous sommes, nous aimons notre pays, et nous ne penserons jamais à y appeler les étrangers.

Et le vieux noir frappa sur la table, où tous les verres et les bouteilles sautèrent, et il se mit à arpenter la salle en marchant à grands pas.

— Oh! oh! pensa Hercule, voilà le caractère de monseigneur qui se dessine. Et moi qui, tout à l'heure, en voyant son air bonhomme et en entendant ses doléances sentimentales sur le sang versé, allais lui parler en faveur de mon client. Je craignais seulement qu'il m'accordât tout de suite sa grâce. Je serais bien, maintenant. C'est pour le coup que madame Vérel pourrait s'écrier : — Je le lui avais bien dit!

Le fait est qu'Hercule, en entendant d'abord le vieux général déplorer si amèrement les rigueurs et les châtiments qu'il était forcé d'employer, ne doutait pas d'obtenir la mise en liberté de M. Elliot, rien qu'en prenant la peine de la demander.

S'il ne le fit pas de suite, c'est qu'il pensa qu'une grâce si promptement obtenue ne lui ferait qu'un médiocre honneur. Elle lui enlèverait l'auréole de dévouement dont il ne lui répugnait pas de paraître orné aux yeux de miss Eva. Ce qu'il voulait, c'était gagner les bonnes grâces du duc, obtenir qu'il usât de son influence sur les juges pour leur faire prononcer un acquittement au lieu d'une condamnation. De cette façon, il passerait pour avoir bravé un grand danger, pour avoir obtenu à force de courage et d'éloquence un jugement inespéré, et il ne doutait pas que le père et la fille ne fussent trop heureux de lui accorder la récompense qu'il solliciterait.

Cependant la colère du vieux nègre finit par s'apaiser, et il était redevenu calme et presque souriant lorsqu'il vint se rasseoir près d'Hercule.

— Voyons, dit-il, pardonnez-moi mon emportement, mais quand je parle de ces drôles-là, je ne suis plus maître de moi. Connaissez-vous cet Elliot?

— Non, monseigneur, je ne suis arrivé que depuis hier, il était déjà arrêté.

— C'est juste, fit le duc; mais alors qu'êtes-vous donc allé faire ce matin chez lui?

Hercule, pris ainsi à l'improviste, hésita quelques instants, cherchant un prétexte pour motiver sa visite à mademoiselle Elliot, mais le général ne lui en laissa pas le temps.

— Voyons, dit-il, parlez-moi franchement, sans crainte et sans détour. Vous voyez bien que je vous demande cela en ami qui désire vous être utile.

Hercule ne trouvait pas de prétexte; il se résolut à être franc, pensant qu'après tout il n'avait pas commis un crime.

— Puisque vous voulez bien me demander de vous parler franchement, monseigneur, répondit-il, je vais vous dire ce qui m'est arrivé.

Hier j'ai entendu parler de l'arrestation de M. Elliot, on disait qu'il ne trouverait pas un avocat qui osât le défendre. Moi qui arrivais ici, et qui voulais faire parler un peu de moi, j'ai pensé à me charger de cette cause; c'est pour cela que je me suis rendu auprès de sa fille. Je dois avouer que j'ai été si touché à la vue de mademoiselle Elliot, que je me suis engagé à plaider pour son père. J'allais vous demander votre avis à ce sujet quand vous m'avez interrogé.

— Vous êtes-vous formellement engagé vis-à-vis de mademoiselle Elliot?

— Hélas ! oui, monseigneur.

Le duc fit un geste de contrariété.

— Oh ! monseigneur, ajouta le jeune homme, si vous aviez été à ma place et si vous aviez vu cette malheureuse enfant dans l'état de désespoir et d'abandon où je l'ai trouvée ce matin, vous auriez fait comme moi, j'en suis certain. Et il raconta avec tant de chaleur au vieux noir son arrivée chez Eva, son entrevue avec elle, que celui-ci se mit à sourire.

— Allons, dit-il, puisque vous avez promis, il faut tenir votre parole. Que pourraient d'ailleurs mes conseils contre les prières d'une jeune fille ; mais je ne dois pas vous laisser ignorer que tout votre talent ne sauvera pas votre client. Dès que je l'aurai recommandé aux juges, vous ne parviendrez jamais à le faire acquitter. Si je veux le faire condamner encore plus sûrement, je n'ai qu'à le faire juger par des mulâtres. La crainte de se compromettre les rendra plus inexorables.

Si c'était encore dans un autre moment, je pourrais faire relâcher cet Elliot ; mais en présence de ce navire qui les encourage, je ne le puis vraiment, et il me faut un exemple.

— Mais, monseigneur, reprit timidement Hercule, si vous croyez que c'est une occasion de trouble que cherchent quelques meneurs, ne serait-il pas bien plus simple de la leur enlever en rendant la liberté à M. Elliot ? Les faits dont il s'est rendu coupable sont-ils tellement graves qu'on ne puisse être indulgent envers lui ?

— Oh ! ce n'est pas là la difficulté, répondit le duc. Ce qu'il a fait, après tout, je l'aurais fait comme lui. Il m'a insulté ; et moi, qui depuis cinq ans supportais ses insolences, je n'ai pas été assez maître de moi pour ne pas le frapper. Il a saisi son sabre et a voulu me l'enfoncer dans le ventre. S'il n'y avait eu personne, j'aurais pris un autre sabre, et nous nous serions expliqués tous les deux ; mais, malheureusement, il y avait des spectateurs. Si je le fais relâcher, après ce scandale, on dira que j'ai eu peur, et on prendra mon indulgence pour de la faiblesse. Ils deviendront plus hardis et trouveront une autre occasion, et alors, au lieu d'un, c'est cent peut-être qu'il faudra faire fusiller ; tandis qu'en coupant le mal dans sa racine... Du reste, je ne suis plus libre aujourd'hui. Dès hier au soir, j'ai envoyé un courrier à l'empereur pour lui rendre compte de ce qui s'est passé. C'est lui qui décidera. S'il veut qu'on relâche Elliot, je ne demande pas mieux ; j'en serais même enchanté pour vous, car cela vous tirerait du guêpier dans lequel vous vous êtes fourré.

Tenez, ajouta le duc, faites une chose, allez trouver l'empereur à Port-au-Prince, et plaidez près de lui la cause de votre client.

— Mais, fit Hercule, pourrai-je le voir ? A quel titre irais-je d'ailleurs demander la grâce de M. Elliot ?

— A quel titre voulez-vous le défendre ? Du reste, qui vous empêche de vous faire passer pour un de ses parents, pour le fiancé de sa fille, par exemple ? ajouta le vieux nègre avec un sourire. Vous direz que vous arrivez pour l'épouser, et que vous avez trouvé son père en prison ; que vous vous êtes adressé à moi pour obtenir sa grâce, et que je vous

ai renvoyé à l'empereur. Il aimait beaucoup votre pauvre père, il vous accueillera bien, j'en suis sûr. Une fois la grâce obtenue, ce sera à vous à vous arranger de manière à ne pas avoir menti, en disant que vous deviez épouser mademoiselle Elliot. Mais si j'ai un conseil à vous donner, c'est de partir au plus vite après cela ; car, je vous le répète, je suis certain qu'il y a quelque chose en l'air, et vous ferez sagement de vous mettre à l'abri.

Hercule se laissa facilement persuader. Il fut convenu qu'il partirait le soir même, et il quitta le duc pour aller faire ses préparatifs de départ et prendre congé de mademoiselle Elliot.

IX

Il n'y a guère qu'une vingtaine de lieues entre Jacmel et Port-au-Prince, la distance de Paris à Compiègne. Pour faire un pareil voyage dans notre Europe, il ne faut que le temps de lire un journal et de fumer quelques cigares. Dans les circonstances les plus malheureuses, c'est-à-dire sans chemin de fer, sans diligence, on est toujours sûr d'arriver en quelques heures, sans trop de fatigue ni de dépense. A Haïti, c'est autre chose ; on doit bien compter sur deux jours de rude fatigue, et sortir de sa bourse quatre à cinq cents francs. Il faut deux chevaux : l'un pour le voyageur, l'autre pour le guide, un mulet pour porter les bagages. Les propriétaires, qui savent à quelle rude épreuve leurs animaux vont être soumis, ne les louent qu'à un prix fort élevé. Il vaut mieux les acheter ; on a au moins la chance de les revendre à la fin du voyage, s'ils ont été jusqu'au bout, à travers les mornes, les marais et les rivières qui coupent tous les chemins. Ainsi, de Jacmel à Port-au-Prince il y a deux routes : celle du Gros-Morne et celle des Citronniers. La première, tracée par les Français, fut jadis carrossable. Les années, les ouragans et les tremblements de terre n'en ont laissé que quelques tronçons, reliés entre eux par un étroit sentier, qui tantôt serpente aux flancs des montagnes, tantôt disparaît dans les marais et les palétuviers ; à chaque instant il se trouve entre une côte raide et escarpée, qui semble monter jusqu'au ciel, et un précipice creusé à pic qui descend à des profondeurs que la vue ne peut sonder. De distance en distance on aperçoit de petites croix en bois, élevées à la mémoire de ceux qui ont péri. C'est là que j'ai perdu mon pauvre *Diavolo*. C'était un cheval de Porto-Rico que j'avais acheté en arrivant à Jacmel, et qui m'avait porté dans mes voyages. Nous avions fait bien des courses ensemble et traversé bien des pas difficiles. Malgré son mauvais caractère, je m'étais attaché à lui ; j'étais si persuadé qu'il me le rendait un peu, que je voulais le ramener en France. Nous n'étions plus qu'à quelques heures de Jacmel, où nous devions nous embarquer. Un parapluie causa sa mort. Entre autres défauts, pour lesquels j'étais indulgent, il était ombrageux. Une averse subite me força d'ouvrir mon parapluie ; le bruit effraya la pauvre bête, qui fit un écart. Je me rattrapai à une liane, et quand je regardai au fond de l'abîme, je ne pus même pas distinguer les restes de mon pauvre compagnon. Triste et funeste route ! Et cependant, quand je me rappelle les touffes de bambous, semblables à des bouquets de plumes au fond des vallées, les mornes élevant leurs cimes au-dessus des nuées de vapeur que le soleil levant colorait, je crois que je voudrais la parcourir encore.

Quoi qu'il en soit, je la préfère certainement à l'autre, la monotone route des Citronniers. Celle-ci suit, ou, pour mieux dire, prend le lit d'une rivière.

Edmond About dit, en parlant de la Grèce, qu'on y voit continuellement les rivières dans le chemin des hommes et les hommes dans celui des rivières. A Haïti, c'est autre chose ; ce sont toujours les hommes qui sont dans le chemin des rivières. Celle des Citronniers est un cours d'eau assez important. Dans la saison des pluies, il coule à pleins bords sur une assez grande largeur; dans la saison sèche, il n'a plus qu'un mince filet d'eau. Les rives forment alors une route qui serait passable si elle n'était pavée de galets gros comme le poing et s'il ne fallait à chaque instant passer d'une rive à l'autre quand un rocher ou un arbre tombé en travers empêchent de passer.

Pour aller de Jacmel à Port-au-Prince il faut traverser cent soixante-deux fois la rivière à gué. Quand l'eau est un peu profonde, on relève ses deux jambes jusqu'à ce qu'on se trouve pour ainsi dire à genoux sur sa selle; le cheval, habitué à cet exercice, nage avec son cavalier. Le pauvre *Diavolo* lui-même, qui dans les commencements ne perdait cependant guère une occasion de se débarrasser de son maître, se conduisait très-bien dans ces circonstances.

Telle qu'elle est, cette route, quoique un peu plus longue, est préférée par les voyageurs. Elle est plus plane et leur offre plus de sécurité que celle du Gros-Morne avec ses précipices. Il ne faut pas croire cependant qu'elle soit complétement sans danger. Pendant deux lieues environ elle se trouve encaissée entre deux mornes coupés à pic. Le passage est tellement étroit, les falaises qui s'élèvent à perte de vue de chaque côté sont tellement semblables dans leur forme et leur structure, qu'on croirait cheminer au fond d'une crevasse de la montagne. On ne peut s'empêcher de songer à ce qui arriverait si quelque tremblement de terre rapprochait les deux parties comme sans doute il les a jadis séparées. Malheur à l'imprudent qui s'engage dans ce défilé sans s'être assuré qu'aucun orage ne menace. En quelques minutes la rivière se gonfle et monte à une grande hauteur, entraînant tout ce qu'elle rencontre. Même dans l'été, elle a toujours plusieurs pieds de profondeur dans ce passage. Des plantes aquatiques couvrent les bords. Le jour arrive à peine à cette profondeur et emprunte aux objets environnants une teinte verte et blafarde. Les arbres plantés au sommet de la montagne laissent tomber leurs racines jusque dans la rivière, où elles viennent chercher un peu d'humidité. On dirait de cordes ou de câbles, tant elles sont droites et flexibles. Mille

lianes, mille plantes grimpantes s'enroulent autour, les couvrant de verdure et de fleurs; mais souvent une forte odeur d'ambre décèle un caïman qui guette sa proie dans le voisinage, ou un serpent déroule paresseusement ses anneaux pour aller se cacher dans les plantes qui bordent le chemin. Bien que le caïman ne s'attaque guère aux hommes, bien que les serpents d'Haïti soient plus gros que dangereux, cependant c'est une désagréable rencontre.

C'est par ce chemin que, trois jours après son départ, Hercule revenait à Jacmel. Le jour tirait à sa fin, et le jeune homme, impatient d'arriver, pressait son cheval couvert de sueur. La malheureuse bête, sourde à la voix et insensible à l'éperon, avançait péniblement, se demandant sans doute par quel forfait elle avait mérité de faire ainsi d'une seule traite la route de Port-au-Prince à Jacmel. Sans doute un long examen de conscience ne lui avait rien reproché à cet égard, lorsqu'ils arrivèrent à *Camp de Coq*; c'est un petit village, à quatre lieues de la ville, où les voyageurs s'arrêtent d'habitude pour faire reposer leurs montures et reprendre haleine avant la dernière étape. L'animal, indigné contre son maître qui prétendait le faire passer outre, resta immobile devant la cabane où il trouvait toujours une bonne ration de maïs et d'herbe fraîche. Quand le cavalier impatienté voulut, après avoir en vain employé la persuasion, recourir aux mesures sévères, le coursier se coucha doucement sur l'herbe et commença à s'y rouler, sans égard pour la colère du jeune homme, qui n'avait eu que le temps de sauter à bas.

— *Y pas maché passé ça pour un empire* (il n'irait pas plus loin pour un empire), s'écria un vieux nègre. Il est tellement habitué à s'arrêter ici, qu'il faut en prendre son parti.

Hercule pensa à attendre son guide, resté derrière, et à monter sur le mulet de charge ; mais, en se rappelant l'allure pacifique qu'il n'avait jamais pu lui faire quitter, il pensa qu'il s'écoulerait encore un long temps avant son arrivée; il n'était plus qu'à quatre lieues de Jacmel. Et il se décida à continuer sa route à pied.

— *Ou trop pressé magué ça*, lui dit le vieux noir; mais Hercule était déjà loin, il songeait que, le soleil venant à peine de se coucher, il pourrait encore arriver à Jacmel avant la fin de la soirée, et que la joie de miss Eva le récompenserait bien amplement de sa fatigue.

Il rapportait en effet la grâce de M. Elliot. Soulouque s'était emporté d'abord, avait déclaré qu'il fallait toujours recommencer avec messieurs les mulâtres, et que c'était très-mal à eux, après avoir été vaincus, de ne pas se soumettre, de chercher toujours des occasions de trouble et de discorde; puis, à la fin, il s'était laissé fléchir quand Hercule lui avait assuré qu'il ne s'agissait pas de complot, mais seulement d'une affaire entre Elliot et le duc de Jacmel, et que celui-ci était fort disposé à ne pas la pousser plus loin.

Le jeune homme marchait donc avec ardeur, pensant au cri de joie qu'allait pousser Eva lorsqu'il lui annoncerait que son père était sauvé, et qu'il lui remettrait l'ordre d'élargissement qu'il rapportait. Sans doute, dans son impatience, elle ne voudrait pas attendre le lendemain, et tous deux se dirigeraient bien vite vers la prison. Il voyait déjà la jeune fille dans les bras de son père. Puis, après les premiers moments d'émotion, M. Elliot demandait par quel miracle il se retrouvait libre. Hercule, jusque-là resté discrètement à l'écart, s'avançait. Éva racontait alors en rougissant tout ce qu'il avait fait pour les sauver. M. Elliot, à ce récit, prenait la main de sa fille et la mettait dans celle du jeune homme. Voilà ce que j'ai de plus précieux... lui disait-il ; c'est à elle à payer ma dette envers vous.

A ces pensées, le cœur d'Hercule battait plus vite : il pressait le pas et regrettait de ne pas avoir des ailes. Il n'était guère plus de huit heures quand, tout essoufflé et tout en nage, il arriva aux premières maisons de la ville... Il gagna une rue de traverse pour éviter de passer chez madame Vérel et se soustraire aux bavardages et aux questions de la vieille femme. Il franchit la porte de l'Américain et traversa l'avenue en courant ; mais, arrivé près de la maison, il fut obligé de s'arrêter, son émotion l'étouffait. Il s'assit sur les marches de la galerie pour reprendre haleine. Une lumière brillait à l'une des fenêtres. Il s'approcha, et reconnut miss Elliot qui brodait auprès d'une lampe. Dès qu'elle l'aperçut, la jeune fille courut vers lui.

— Vous avez reçu ma lettre ? lui demanda-t-elle.

— Quelle lettre ? dit Hercule.

— Le lendemain de votre départ je vous ai envoyé un messager ; il ne vous a donc pas rencontré ?

— Non, répondit Hercule ; mais qu'importe, j'arrive avec une bonne nouvelle.

— Hélas ! fit-elle, je crains bien qu'il ne puisse plus y avoir de bonnes nouvelles pour nous.

— Mais, reprit Hercule, M. Elliot est libre, l'empereur m'a accordé sa grâce. Voici l'ordre de le mettre en liberté sur-le-champ, ajouta-t-il en lui montrant un papier au bas duquel s'étalait orgueilleusement le nom de Faustin Ier.

Mais, au lieu de témoigner la joie qu'il attendait, la jeune fille baissa la tête et se mit à pleurer.

— Mon Dieu, demanda Hercule, est-il arrivé quelque nouveau malheur ?

— Tenez, lui dit-elle, ne m'interrogez pas, je ne puis vous répondre. Cessez de vous occuper de nous, nous reconnaîtrions trop mal votre dévouement. Pauvre ami, ajouta-t-elle en remarquant les vêtements en désordre et le visage altéré du jeune homme, que vous êtes bon et que je voudrais pouvoir vous témoigner combien je suis touchée de tout ce que vous avez fait pour nous !

— Mais, au nom du ciel, qu'y-a-t-il, demanda Hercule ? Quel est ce secret que vous me cachez ? N'ai-je pas mérité un peu de confiance de votre part ?

— Oh ! répondit-elle, je sais que je puis me fier à vous, mais pourquoi vous dire un secret dont la connaissance vous compromettrait inutilement ? Pourquoi vous entraîner peut-être dans une entreprise dont on ne peut prévoir l'issue ?

— Mademoiselle, reprit Hercule, je sais que je n'ai pas le droit d'insister davantage, mais quand vous me parlez d'une entreprise où il y a peut-être des dangers à courir, et à laquelle vous refusez de m'associer, je ne puis m'empêcher de croire que j'avais mérité une autre opinion de votre part.

— Mais, dit-elle, c'est justement parce que je connais votre cœur, parce que je prévois que malgré tout vous voudriez faire cause commune avec nous que je voulais vous laisser ignorer ce qui va se passer.

Eh bien ! sachez que pendant votre absence j'ai pu voir mon père. Le gouverneur m'en a envoyé la permission. Je lui ai dit nos projets et nos espérances, la démarche que vous étiez allé faire auprès de l'empereur. Mon père ne veut pas de grâce, et pour tout dire, il attend son salut, non de la clémence de M. Faustin, mais du succès d'une conspiration dans laquelle il est malheureusement depuis longtemps engagé. Les hommes de couleur n'attendaient qu'une occasion pour secouer le joug des noirs. L'arrestation de mon père a achevé de les exaspérer. Son jugement et sa condamnation seront le signal de la révolte. Toute la population se lèvera pour le délivrer, et une fois le soulèvement commencé, ils espèrent qu'il s'étendra dans tout le pays. Voilà ce que j'ignorais quand vous êtes parti et ce que mon père m'a révélé. Mes prières, mes larmes n'ont pu ébranler sa résolution. Il ne peut, dit-il, sans déshonneur, accepter une grâce que son parti considérerait immanquablement comme le prix d'une défection et peut-être même d'une trahison.

Comment se termina cet entretien et comment Hercule se trouva quelques jours après l'un des agents les plus actifs du mouvement qui se préparait, on le devine.

La veille du jugement, les principaux conjurés achevaient de se concerter pour le lendemain, lorsqu'un d'entre eux rentra tout effrayé et annonça qui l'empereur, suivi de deux régiments, arrivait à Jacmel. La séance fut levée sur-le-champ, et chacun se rendit en toute hâte aux portes de la ville. On apercevait en effet les troupes qui s'avançaient vers Jacmel, et personne ne put s'empêcher de trembler, quand au milieu d'une douzaine de généraux on reconnut l'Empereur, ayant à côté de lui le colonel Dessalines, qui s'était acquis une si terrible renommée dans les scènes qui ensanglantèrent Port-au-Prince au mois de mars 1848. Chacun s'en retourna chez soi au plus vite.

Le lendemain, vers cinq heures du matin, un bruit de crosses de fusils résonnant sur le pavé de la galerie et des coups violemment frappés à la porte extérieure de la maison réveillèrent Hercule en sursaut. Il sauta de son lit, courut à la sortie du côté du jardin qui donnait sur la mer ; mais au moment où il l'ouvrait, il fut brusquement poussé dans l'intérieur par un officier qu'il ne reconnut pas d'abord, mais qui lui dit à voix basse : — Toutes les issues sont cernées, n'essayez pas de fuir. Ce serait vous avouer capable.

Hercule ne prit pas le temps de remercier celui qui lui donnait cet avis charitable, et ce n'était autre que le lieutenant commandant le poste le jour où il avait voulu entrer chez le duc de Jacmel pour la première fois. Il revint vers la maison, pensa à allumer un cigare, pendant qu'on ouvrait la porte. Il fit bonne contenance quand un officier lui annonça qu'il venait l'arrêter, demanda sans trop d'émotion quelle était l'accusation qui pesait sur lui ; mais quand en marchant au milieu des soldats il eut passé le seuil, il ne put s'empêcher de jeter un triste regard sur cette maison où il était rentré si joyeux la semaine précédente.

Il traversa la ville avec son escorte, et arriva devant la prison où il se disposait à s'arrêter. — Ce n'est pas là que je dois vous conduire, lui dit l'officier, et il lui fit signe de marcher toujours. Après quelques instants ils s'engagèrent dans la route qui mène sur la colline et où se trouvent le palais du gouverneur et plus haut encore celui de l'empereur.

— Ah! pensa Hercule, ils me mènent chez le duc de Jacmel. Et tout en se sentant un peu rassuré par l'affection que lui avait témoignée le vieux général, il n'envisageait pas sans embarras l'explication qu'il allait avoir avec lui; car il était bien clair que s'il était ainsi arrêté, c'est que la conspiration était découverte, et que ce n'était pas pour lui faire admirer le lever du soleil du haut de la montagne, qu'on le conduisait entre une douzaine de soldats.

Mais ils passèrent devant la maison du duc sans s'arrêter. Pour le coup le cœur du jeune homme se serra, et il se rappela que tout en haut de la côte, au bout du Champs de mars, on lui avait montré un petit monticule où l'on avait fusillé bien des gens.

— C'est donc là-haut que nous allons? demanda-t-il avec anxiété à l'officier.

— Vous verrez bien quand vous serez arrivé, lui répondit celui-ci avec ce rire nonchalant et moqueur que le nègre épargne rarement au blanc qu'il voit dans l'embarras.

— Morbleu, maugréait Hercule, que suis-je venu faire en ce maudit pays? C'est par trop ridicule aussi de me fourrer dans une conspiration pour les beaux yeux d'une jeune fille, et je n'aurais que ce que je mérite, si la punition n'était pas aussi dure.

— Il n'était pas plus courageux qu'un autre : aussi en envisageant la mort dont il n'était plus séparé que par quelques instants, il sentit son cœur faiblir et ses jambes trembler sous lui. Il regard la distance qui lui restait à parcourir avant d'arriver au plateau; puis, effrayé de la trouver si courte.

— Ah! s'écria-t-il, laissez-moi me reposer un peu, vous marchez trop vite.

L'officier fit un signe à ses soldats qui s'arrêtèrent. Le jeune homme s'assit sur une des grosses pierres qui bordaient la route et essuya la sueur qui inondait son visage. Le soleil commençait à paraître et à éclairer la ville au-dessous de lui. Il chercha à distinguer au travers des arbres la maison du négociant; mais le feuillage était trop épais et cette dernière consolation lui fut refusée. Alors il jeta sur sa vie passée ce long et douloureux regard de ceux qui vont mourir. Il se rappela son enfance, le collège, l'Ecole de droit, son bon temps de Paris. Il songea à son arrivée à Jacmel, à la jeune fille qui lui avait inspiré de si beaux rêves. — Quel réveil! pensa-t-il.

— Allons, en route! cria le lieutenant.

Hercule se souleva péniblement. Le fait est que ce doit être une triste chose, quand on se sent plein de force et d'avenir, d'aller se faire fusiller par une belle matinée, au moment où le soleil se lève, quand les oiseaux gazouillent, quand la fleur entrouvre son calice encore plein de rosée, quand tous les êtres vivants, toute la création chante cet hymne d'allégresse qui remercie Dieu de leur avoir donné la vie.

Lorsqu'ils furent arrivés sur le plateau, les soldats, au lieu de reprendre à gauche, comme il le craignait, tournèrent à droite, et le jeune homme respira plus librement quand ils s'engagèrent dans l'avenue qui conduit à la résidence impériale.

— Oh! se dit-il, si tout n'était pas désespéré, et si j'en étais quitte pour la peur!

Mais les troupes qui entouraient le palais et qui chargeaient leurs armes, les généraux qui allaient et venaient d'un air affairé, lui rendirent ses craintes.

L'officier le fit entrer dans une grande pièce. — Restez là, et attendez, lui dit-il, et il sortit en refermant soigneusement la porte.

Le prisonnier examina l'endroit où il se trouvait. C'était une vaste salle donnant sur un jardin. Il s'approcha des fenêtres, mais deux sentinelles le couchèrent en joue en lui faisant signe de rentrer.

Outre la porte qu'on avait refermée derrière lui, il y en avait deux autres, l'une à droite, l'autre à gauche. Hercule s'approcha de la première, mais des pas lents et réguliers et le bruit d'un fusil que l'on reposait à terre lui firent comprendre qu'il n'y avait rien non plus à tenter de ce côté. Il se dirigeait vers l'autre, mais elle s'ouvrit devant lui, et il se trouva à deux pas devant l'empereur. Faustin était suivi d'un colonel dans lequel Hercule reconnut avec anxiété celui qu'on lui avait désigné la veille comme le Tristan l'Ermite de ce nouveau Louis XI.

Le monarque fronça les sourcils d'un air gros d'orage, pendant que le jeune homme s'inclinait en silence.

— *Ou tende bien ça moi di ou*, dit le monarque au colonel; *allé ou qu'a répondre moi de ça assu tête ou.* (Vous entendez bien ce que je vous ai dit. Allez, vous m'en répondez sur votre tête.)

Il revint alors vers Hercule, se croisa les bras, et le regardant en face : — Eh bien ! lui dit-il, vous allez encore me soutenir sans doute qu'il n'y a pas de complot, et que s'il y en a un, vous êtes aussi innocent que l'agneau pascal.

— Sire, balbutia Hercule, j'ai été entraîné par...

— Ah! vous avez été entraîné, reprit Soulouque avec un redoublement de colère, eh bien ! vous qui arrivez d'Europe pour trahir votre empereur et votre pays, dites-moi un peu, comment traite-t-on là-bas les conspirateurs et les traîtres?

Le malheureux baissait les yeux et cherchait quelles paroles il pourrait trouver pour essayer de toucher le terrible despote; tout à coup il releva la tête, une idée lumineuse lui vint à l'esprit.

— Vous me demandez, sire, dit-il à l'empereur, comment agissent les souverains d'Europe envers ceux qui conspirent contre eux : je vais vous le dire.

Les uns les font juger et condamner; les autres, et ce sont les plus grands, pardonnent et préfèrent s'attacher le coupable par leur clémence. Il y a un empereur qui s'est immortalisé par un trait semblable.

— Un grand empereur? demanda Soulouque devenu attentif.

— Oui, sire, un empereur si grand qu'il a donné son nom à son siècle. — Et il lui raconta la conspiration de Cinna et la clémence d'Auguste.

Soulouque resta un moment silencieux.

— *Ça beau! ça grand! malgré ça*, s'écria-t-il enfin. Pourquoi ne m'a-t-on jamais raconté ça? *Ça beau! ça grand!* répéta-t-il encore. Mais « *empereur-là* » n'avait pas affaire à des mulâtres. Moi aussi j'étais bon, moi aussi j'étais généreux; c'est leur faute si je ne puis plus l'être; une grâce accordée aujourd'hui me forcerait à cent exécutions demain. Il faut encore un exemple. Un conseil de guerre est là tout prêt; il va vous juger avec Elliot, et vous serez fusillé ce soir Rassurez-vous, pourtant, il n'y aura pas de balles dans les fusils. Ayez soin seulement de bien tomber au moment de la décharge et d'attendre sans bouger qu'on vienne vous chercher. On vous conduira, lorsque la nuit sera tombée, à bord d'une goëlette qui vous mènera à la Jamaïque. Mais partez pour toujours, pour toujours, répéta avec violence le monarque; car si vous reveniez jamais ici, les fusils auraient dés balles.

Eh bien? ajouta en terminant Soulouque, vous m'avez raconté ce qu'a fait un empereur qui pouvait être clément sans danger, et qui savait que sa belle action serait connue et célébrée par tout le monde! Lequel est le plus grand de celui-là, ou de celui qui, forcé de cacher sa bonté, n'en fait pas moins grâce? Et cependant je ne suis qu'un pauvre nègre.

Mais un sourire d'orgueil démentait l'humilité de ces dernières paroles, et on voyait bien que le souverain était content de lui.

Les choses se passèrent ainsi qu'il avait été convenu. Le conseil de guerre rassemblé pour juger les coupables ne mit pas grand temps à les condamner à mort : le soleil était déjà couché lorsqu'on les mena au supplice. La nuit, qui tombe instantanément sous les tropiques, eut bientôt dispersé les quelques curieux qui avaient assisté de loin à l'exécution.

Une heure après ils étaient à bord de la goëlette où mademoiselle Elliot vint les rejoindre bientôt.

Telle fut la vengeance de Soulouque.

Madame Vérel raconte encore sans doute, aux voyageurs qui descendent chez elle, qu'un Américain fut fusillé pour avoir refusé de saluer le duc de Jacmel, que sa fille même fut enlevée un soir sans qu'on ait jamais pu connaître son sort, et qu'un pauvre jeune homme perdit également la vie pour avoir voulu prendre la défense de ces malheureux.

C'est depuis quelques mois seulement que je connais le véritable et singulier dénoûment de cette histoire.

Je me promenais à New-York dans Brooklyn, lorsque je fus heurté assez brusquement par un individu qui venait devant moi. Je n'étais pas très au courant des mœurs américaines, et je me retournais, très-irrité contre le fâcheux, mais un cri de surprise m'échappa, je venais de reconnaître notre ancien camarade Léogane.

Il est marié avec mademoiselle Elliot et dirige avec son beau-père une importante maison de commission pour les bois d'acajou. Parmi les individus récemment arrêtés pour l'incendie de la Quarantaine, j'ai lu dans les journaux le nom d'Elliot. Je crains bien que l'esprit hardi et aventureux du vieux Yankee ne l'ait encore entraîné dans cette mauvaise affaire.

X

CONCLUSION.

Je me rappelle qu'un jour, à la Martinique, je m'étais laissé aller à défendre Soulouque devant un auditoire créole et à dire que sa réhabilitation pouvait faire le sujet d'un livre curieux. — Peut-être, me dit un colon; mais quelle serait l'utilité de ce livre? Que nous importe à nous que ce soient les noirs ou les mulâtres qui dominent à Saint-Domingue? Ce qu'il y a de certain, c'est qu'ils ne parviendront jamais à faire produire à cette île la centième partie de ce qu'elle produisait sous notre domination. En supposant même qu'on réussisse à persuader que Soulouque vaut mieux que sa réputation, et que les Dominicains ne méritent pas celle qu'on leur a faite, à quoi cela aboutirait-il? Quelle serait la conclusion à en tirer?

— La conclusion, répondis-je, la voici :

Je ne suis pas diplomate, et je ne sais pas qu'elles peuvent être les vues de la France sur l'île d'Haïti; mais ce qui me semble évident, c'est qu'elle n'a nullement envie de reprendre son ancienne colonie. Avant que Saint-Domingue puisse rien rapporter à la métropole, il y aurait trop d'argent à dépenser. — Si le gouvernement a quelques millions de trop, je crois qu'il aimera mieux les employer en Algérie qu'à refonder une colonie, à douze cents lieues, sous un climat qui tue les Européens, et où ceux-ci n'obtiendront jamais de travail sans l'esclavage.

— Cela est malheureusement vrai, fit le créole.

— Mais si la France ne veut pas d'Haïti pour son compte, elle ne veut pas non plus que d'autres s'en emparent, et elle craint surtout d'y voir arriver les Américains, parce que le jour où les Américains auront un pied dans les Antilles, nos colonies de la Martinique et de la Guadeloupe seront sans cesse exposées à un coup de main. Notre politique envers ce malheureux pays consiste donc seulement à tâcher d'y créer un État qui puisse subsister par lui-même d'une manière assez décente, assez sérieuse pour que l'opinion publique n'applaudisse pas au premier venu qui s'emparera de l'île. C'est dans ce but qu'on a créé, en quelque sorte, et soutenu la république Dominicaine. Malheureusement cette république est loin d'avoir atteint le but qu'on se proposait.

Après quatorze ans d'existence, elle est beaucoup moins avancée que le lendemain de sa naissance; au lieu d'être prête à s'emparer de toute l'île, elle ne songe qu'à vendre tout ou partie de son territoire à celui qui voudra bien l'acheter. Les Américains, avec leur esclavage et leurs préjugés de couleur, ne lui répugnent nullement. Tous les Dominicains, noirs ou mulâtres, à force de s'appeler *biancos de la tierra*, en sont venus à croire qu'ils sont véritablement blancs et descendant sans aucun mélange des Espagnols. Ils sont convaincus que c'est le soleil seul qui a noirci leur peau et frisé leurs cheveux, et que les Américains, qui réduiraient en esclavage les nègres de Soulouque, s'empresseront de leur conserver, à eux, leurs places, leurs grades avec les fabuleux traitements qu'ils offrent à tous leurs fonctionnaires.

Les émissaires des États-Unis se gardent bien de les détromper, et ils prodiguent au contraire l'argent et les promesses; et on sera fort surpris d'apprendre un beau matin, en Europe, que le cabinet de Washington vient d'acquérir la république Dominicaine, en vertu d'un traité contre lequel la France et l'Angleterre ne pourront même pas protester, car il aura été signé très-librement et très-volontairement par un État dont elles ont été les premières à reconnaître l'indépendance et la souveraineté.

Dans la partie haïtienne, au contraire, aucun individu ne se fait illusion sur sa couleur. Il sait parfaitement le sort qui lui serait réservé si les Yankees s'emparaient du pays. Il n'y a donc à craindre de ce côté-là aucun acte qui donne aux Américains, d'une manière légale, le droit de fonder un établissement dans l'île. Il est même certain que les tentatives armées de Walker et autres flibustiers soulèveraient toute cette population, qui retrouverait, pour défendre sa liberté, cette féroce et sauvage énergie dont elle n'a donné que trop de preuves.

La conclusion toute naturelle serait donc qu'on a fait fausse route depuis quatorze ans, et qu'au lieu de protéger les Dominicains contre Soulouque, il aurait mieux valu, au contraire, aider celui-ci dans ses efforts pour réunir toute l'île sous un seul gouvernement.

Deux ans se sont écoulés depuis lors. Les choses vont toujours de mal en pis chez les Dominicains. M. Baëz a été rappelé comme président. Dès qu'il a voulu faire un peu de bien, prendre quelques mesures utiles, on s'est révolté contre lui. Après avoir lutté pendant plus d'une année, il vient de quitter le pouvoir et son pays, laissant la place à son rival Santana. Que va devenir maintenant cette population livrée à la merci d'un dictateur vénal et sanguinaire? Elle a lassé la bienveillance de ses défenseurs les plus acharnés, elle a renié deux fois le seul homme qui pût lui concilier quelque intérêt. Sans doute elle espère dans les Américains. Puisse leur venue, si la France et l'Angleterre la permettent, n'être pas son châtiment, en même temps que la punition de nos généreuses illusions à l'égard de cette race qui n'a su prendre aux Espagnols que leur orgueil, aux mulâtres que leur lâcheté et leur ingratitude.

FIN

www.ingramcontent.com/pod-product-compliance
Lightning Source LLC
Chambersburg PA
CBHW061705180626
46818CB00003B/1266